DE LA MANIÈRE

D'ÉCRIRE L'HISTOIRE

IMPRIMERIE GÉNÉRALE DE CH. LAHURE

Rue de Fleurus, 9, à Paris

LUCIEN

DE LA MANIÈRE

D'ÉCRIRE L'HISTOIRE

TRADUCTION FRANÇAISE

PAR E. TALBOT

Professeur au collége Rollin

AVEC LE TEXTE GREC ET DES NOTES

PARIS

LIBRAIRIE DE L. HACHETTE ET Cie

BOULEVARD SAINT-GERMAIN, N° 77

1866

ARGUMENT ANALYTIQUE

DU TRAITÉ

DE LA MANIÈRE D'ÉCRIRE L'HISTOIRE.

—

I. Maladie étrange des habitants d'Abdère, sous le règne de Lysimaque : à la suite d'un violent accès de fièvre, ils étaient pris d'une manie furieuse de déclamation tragique.

II. Une maladie du même genre, mais plus grave, s'est emparée des contemporains : chacun veut raconter la dernière guerre d'Arménie.

III. Diogène, voyant les Corinthiens rivaliser d'activité pour se préparer à repousser Philippe, se mit à rouler sa niche d'argile, afin de ne pas rester seul oisif parmi tant de gens occupés.

IV. Lucien, lui non plus, ne veut pas se taire quand tout le monde prend la parole. Il n'a pas la témérité de vouloir grossir le nombre des historiens ; il essayera seulement de leur donner quelques conseils.

V. Il sait que la plupart ne croient pas à l'utilité de pareilles leçons et ne se font pas une juste idée de l'art où a excellé Thucydide. Il s'attend à être mal reçu, de ceux surtout qui ont obtenu du succès. Il veut néanmoins les mettre à même, pour le cas où quelque nouvelle guerre viendrait à éclater, de suivre de meilleures règles.

VI. Avant d'expliquer les qualités de l'historien, il

montrera quels défauts il doit éviter sous le triple rapport de la composition, du style et du goût.

VII. La première faute des mauvais historiens, c'est de confondre l'histoire avec le panégyrique, et de. sacrifier la vérité à la flatterie.

VIII. Les règles de la poésie ne sont pas celles de l'histoire; l'une jouit d'une liberté sans limite, que l'autre ne peut imiter.

IX. L'historien doit plus songer à être utile qu'à être agréable : la vérité, voilà le but essentiel qu'il doit se proposer.

X. L'histoire s'avilit en se parant d'inventions fabuleuses et en distribuant des éloges menteurs.

XI. Le mélange de la fable avec la vérité ne saurait produire qu'un composé monstrueux. Qui peut faire cas d'éloges grossièrement exagérés?

XII. La flatterie est souvent repoussée par ceux mêmes qui en sont l'objet; exemple d'Alexandre et d'Aristobule.

XIII. Les historiens complaisants sont plus nuisibles qu'utiles à ceux dont ils tracent de trop avantageuses peintures.

XIV. Quelques traits d'un historien emphatique, glorieux, et maladroitement flatteur.

XV. Un autre copie sottement Thucydide, et mêle à ces plagiats les termes militaires en usage chez les Romains.

XVI. Un autre décore d'un titre prétentieux un journal aride des faits de la guerre, et passe sans raison du dialecte ionien aux formes les plus communes du langage.

XVII. Un philosophe affecte à ses récits et à ses basses adulations les procédés syllogistiques.

XVIII. Un imitateur d'Hérodote.

XIX. Un écrivain trop riche en descriptions.

XX. L'incapacité de l'historien l'entraîne aux détails oiseux et aux contes absurdes.

XXI. Abus de l'atticisme. — Une bévue historique.

XXII. Alliance du langage poétique avec celui des carrefours.

XLI. Résumé des conditions morales auxquelles l'histoire doit satisfaire.

XLII. Sentiment de Thucydide sur les devoirs de l'historien.

XLIII. Le style historique n'est pas le style oratoire; qu'il vise surtout à la clarté.

XLIV. Le grand point est d'être compris; pour cela il faut être simple.

XLV. Un souffle poétique peut quelquefois animer l'histoire, mais son langage doit toujours être contenu et se défier des élans trop prompts de la pensée.

XLVI. Il y a pour la prose une harmonie distincte du nombre poétique.

XLVII. Il faut soumettre les faits à une enquête sévère, les vérifier, si on le peut, soi-même, et, dans le cas contraire, bien choisir les témoignages.

XLVIII. Après avoir réuni les matériaux de son œuvre, l'historien introduira dans cette masse informe l'ordre et la beauté du style.

XLIX. Il embrassera d'un coup d'œil toutes les parties de son sujet; dans une bataille il considérera moins les incidents que l'ensemble, et ne laissera dans l'ombre aucune face de l'action.

L. Qu'il sache passer rapidement d'un point à un autre, et soit, pour ainsi dire, présent partout.

LI. L'historien n'est pas responsable de ce qu'il raconte, mais seulement e la manière dont il le raconte; son triomphe est de faire croire à ceux qui l'ont lu qu'ils ont été eux-mêmes spectateurs des événements.

LII. Un préambule n'est pas toujours nécessaire; une exposition bien faite en peut tenir lieu.

LIII. L'historien, en tout cas, n'a pas, comme l'orateur, à solliciter la bienveillance; qu'il se contente d'intéresser par un plan lucide et judicieux.

LIV. Préambules d'Hérodote et de Thucydide.

LV. La narration doit être égale, unie; toutes les parties qui la composent doivent s'enchaîner naturellement.

LVI. La brièveté est d'autant plus utile que le sujet est plus abondant : elle consiste surtout dans le choix des faits.

LVII. C'est particulièrement dans les descriptions qu'il faut se montrer sobre : exemples d'Homère et de Thucydide.

LVIII. Si l'on fait parler un personnage, qu'on lui prête le langage qui lui convient.

LIX. Que les éloges et les accusations soient fondés et pleins de mesure.

LX. L'historien livrera, sans se prononcer, les faits merveilleux au jugement du lecteur.

LXI. En résumé il bravera les jugements contemporains, ne recherchant que celui de l'avenir.

LXII. L'architecte Sostrate.

LXIII. Que l'historien prenne Sostrate pour modèle. Quant à Lucien, s'il n'est pas écouté, il a fait ce qu'il a pu pour l'être.

ΛΟΥΚΙΑΝΟΥ

ΠΩΣ

ΔΕΙ ΙΣΤΟΡΙΑΝ ΣΥΓΓΡΑΦΕΙΝ[1].

I. Ἀβδηρίταις φασὶ, Λυσιμάχου[2] ἤδη βασιλεύοντος, ἐμπεσεῖν τι νόσημα, ὦ καλὲ Φίλων[3], τοιοῦτο· πυρέττειν μὲν γὰρ τὰ πρῶτα πανδημεὶ ἅπαντας, ἀπὸ τῆς πρώτης εὐθὺς ἐρρωμένως, καὶ λιπαρεῖ τῷ πυρετῷ· περὶ δὲ τὴν ἑβδόμην τοῖς μὲν αἶμα πολὺ ἐκ ρινῶν ρυὲν, τοῖς δὲ ἰδρὼς ἐπιγενόμενος, πολὺς καὶ οὗτος, ἔλυσε τὸν πυρετόν. Ἐς γελοῖον δέ τι πάθος περιίστη τὰς γνώμας αὐτῶν· ἅπαντες γὰρ ἐς τραγῳδίαν παρεκινοῦντο, καὶ ἰαμβεῖα ἐφθέγγοντο, καὶ μέγα ἐβόων, μάλιστα δὲ τὴν Εὐριπίδου Ἀνδρομέδαν[4] ἐμονῴδουν, καὶ τὴν τοῦ Περσέως ρῆσιν ἐν μέλει διεξήεσαν· καὶ μεστὴ ἦν ἡ πόλις ὠχρῶν ἁπάντων καὶ λεπτῶν, τῶν ἑβδομαίων ἐκείνων τραγῳδῶν,

Σὺ δ', ὦ θεῶν τύραννε κἀνθρώπων, Ἔρως,

καὶ τἄλλα μεγάλῃ τῇ φωνῇ ἀναβοώντων, καὶ τοῦτο ἐπιπολὺ, ἄχρι δὴ χειμὼν καὶ κρύος δὲ μέγα γενό-

LUCIEN.

DE LA MANIÈRE

D'ÉCRIRE L'HISTOIRE.

I. Les Abdéritains, sous le règne de Lysimaque, furent, dit-on, atteints, mon cher Philon, d'une singulière maladie. C'était une fièvre dont l'invasion fut générale, et qui se manifestait dès le début avec une grande force d'intensité et de continuité ; puis, au septième jour, il survenait chez les uns un fort saignement de nez, chez les autres une sueur abondante, et les malades étaient guéris. Seulement, tant que la fièvre durait, elle jetait leur esprit dans une plaisante manie : ils faisaient tous des gestes tragiques, déclamaient des ïambes, criaient de toute leur force, débitant à eux seuls d'un ton lamentable l'*Andromède* d'Euripide, ou récitant à part la tirade de Persée. La ville était remplie de gens pâles et maigres, de tragédiens d'une semaine, qui s'en allaient criant :

> Amour, toi, le tyran des hommes et des dieux!

et autres exclamations lancées à pleine voix, et qui n'en finissaient plus, jusqu'à ce que l'hiver, amenant

μενον ἔπαυσε ληροῦντας αὐτούς. Αἰτίαν δέ μοι
δοκεῖ τοῦ τοιούτου παρασχεῖν Ἀρχέλαος ὁ τραγῳ-
δὸς, εὐδοκιμῶν τότε, μεσοῦντος θέρους ἐν πολλῷ
τῷ φλογμῷ τραγῳδήσας αὐτοῖς τὴν Ἀνδρομέδαν,
ὡς πυρέξαι τε ἀπὸ τοῦ θεάτρου τοὺς πολλοὺς, καὶ
ἀναστάντας ὕστερον ἐς τὴν τραγῳδίαν παρολισθαί-
νειν, ἐπιπολὺ ἐμφιλοχωρούσης τῆς Ἀνδρομέδας τῇ
μνήμῃ αὐτῶν, καὶ τοῦ Περσέως ἔτι σὺν τῇ Με-
δούσῃ τὴν ἑκάστου γνώμην περιπετομένου.

II. Ὡς οὖν ἓν, φασὶν, ἑνὶ παραβαλεῖν, τὸ Ἀβ-
δηριτικὸν ἐκεῖνο πάθος καὶ νῦν τοὺς πολλοὺς τῶν
πεπαιδευμένων περιελήλυθεν· οὐχ ὥστε τραγῳδεῖν,
(ἔλαττον γὰρ ἂν τοῦτο παρέπαιον, ἀλλοτρίοις ἰαμ-
βείοις, οὐ φαύλοις κατεσχημένοι·) ἀλλ᾽ ἀφ᾽ οὗ δὴ
τὰ ἐν ποσὶ ταῦτα κεκίνηται, ὁ πόλεμος ὁ πρὸς τοὺς
βαρβάρους, καὶ τὸ ἐν Ἀρμενίᾳ τραῦμα, καὶ αἱ συν-
εχεῖς νίκαι[1], οὐδεὶς ὅστις οὐχ ἱστορίαν συγγράφει·
μᾶλλον δὲ Θουκυδίδαι, καὶ Ἡρόδοτοι, καὶ Ξενο-
φῶντες ἡμῖν ἅπαντες· καὶ, ὡς ἔοικεν, ἀληθὲς ἄρ᾽
ἦν ἐκεῖνο, τὸ « Πόλεμος ἁπάντων πατὴρ[2], »
εἴ γε καὶ συγγραφέας τοσούτους ἀνέφυσεν ὑπὸ μιᾷ
τῇ ὁρμῇ.

III. Ταῦτα τοίνυν, ὦ φιλότης, ὁρῶντα καὶ ἀκού-
οντά με τὸ τοῦ Σινωπέως ἐκεῖνο εἰσῆλθεν· ὁπότε
γὰρ ὁ Φίλιππος ἐλέγετο ἤδη ἐπελαύνειν, οἱ Κορίν-
θιοι πάντες ἐταράττοντο, καὶ ἐν ἔργῳ ἦσαν, ὁ μὲν
ὅπλα ἐπισκευάζων, ὁ δὲ λίθους παραφέρων, ὁ δὲ
ὑποικοδομῶν τοῦ τείχους, ὁ δὲ ἔπαλξιν ὑποστηρίζων,
ὁ δὲ ἄλλος ἄλλο τι τῶν χρησίμων ὑπουργῶν. Ὁ δὴ

un grand froid, vint faire cesser tout ce délire. Il avait été causé, selon moi, par Archélaüs, tragédien estimé, qui, au milieu de l'été, pendant la plus forte chaleur, leur avait joué *Andromède* de telle sorte, qu'au sortir du théâtre la plupart avaient été saisis de la fièvre; à leur lever, la tragédie s'était de nouveau emparée d'eux, Andromède s'étant agréablement installée dans leur mémoire, et Persée, avec Méduse, voltigeant dans leur imagination.

II. Si une chose, comme on dit, peut se comparer à une autre, cette manie des Abdéritains a gagné la plupart de nos beaux esprits : elle ne les pousse pas, il est vrai, à jouer la tragédie; ce serait pour eux une folie légère que d'être tout remplis d'ïambes composés par d'autres, et ne manquant pas de mérite. Mais depuis qu'il s'est produit quelques événements récents, je veux dire la guerre contre les barbares, et l'échec éprouvé en Arménie, et la série de nos succès, il n'est plus personne qui ne se mêle d'écrire l'histoire. Que dis-je? tous nos gens sont devenus des Thucydides, des Hérodotes, des Xénophons; ce qui confirme cette parole : « La guerre est la mère de toutes choses, » puisque d'un seul coup elle a produit tant d'historiens.

III. Je n'ai pu, mon doux ami, les voir, ni les entendre, sans songer au philosophe de Sinope. Au moment où l'on disait que déjà Philippe était en campagne, tous les Corinthiens, saisis d'effroi, s'étaient mis à l'œuvre : l'un préparait des armes, un autre apportait des pierres, celui-ci reconstruisait la muraille, celui-là consolidait la palissade, chacun s'empressait de son mieux à faire ce qu'il croyait le

Διογένης, ὁρῶν ταῦτα, ἐπεὶ μηδὲν εἶχεν ὅ τι καὶ πράττοι (οὐδεὶς γὰρ αὐτῷ ἐς οὐδὲν ἐχρῆτο), διαζωσάμενος τὸ τριβώνιον, σπουδῇ μάλα καὶ αὐτὸς ἐκύλιε τὸν πίθον, ἐν ᾧ ἐτύγχανεν οἰκῶν, ἄνω καὶ κάτω τοῦ Κρανείου[1]· καί τινος τῶν συνήθων ἐρομένου · « Τί ταῦτα ποιεῖς, ὦ Διόγενες; — Κυλίω, ἔφη, κἀγὼ τὸν πίθον, ὡς μὴ μόνος ἀργεῖν δοκοίην ἐν τοσούτοις ἐργαζομένοις. »

IV. Κἀυτὸς οὖν, ὦ Φίλων, ὡς μὴ μόνος ἄφωνος εἴην ἐν οὕτω πολυφώνῳ τῷ καιρῷ, μηδ᾽ ὥσπερ κωμικὸν δορυφόρημα κεχηνὼς σιωπῇ παραφεροίμην, καλῶς ἔχειν ὑπέλαβον, ὡς δυνατόν μοι, κυλίσαι τὸν πίθον, οὐχ ὡς ἱστορίαν συγγράφειν, οὐδὲ πράξεις αὐτὰς διεξιέναι· οὐχ οὕτω μεγαλότολμος ἐγώ, μηδὲ τοῦτο δείσῃς περὶ ἐμοῦ· οἶδα γὰρ ἡλίκος ὁ κίνδυνος, εἰ κατὰ τῶν πετρῶν κυλίοι τις, καὶ μάλιστα οἷον τοὐμὸν τοῦτο πιθάκνιον οὐδὲ πάνυ καρτερῶς κεκεραμευμένον· δεήσει γὰρ αὐτίκα μάλα, πρὸς μικρόν τι λιθίδιον προσπταίσαντα, συλλέγειν τὰ ὄστρακα. Τί οὖν ἔγνωσταί μοι, καὶ πῶς ἀσφαλῶς μεθέξω τοῦ πολέμου, αὐτὸς ἔξω βέλους ἑστώς, ἐγώ σοι φράσω·

τούτου μὲν καπνοῦ καὶ κύματος [2],

καὶ φροντίδων, ὅσαι τῷ συγγράφειν ἔνεισιν, ἀφέξω ἐμαυτόν, εὖ ποιῶν· παραίνεσιν δέ τινα μικρὰν, καὶ ὑποθήκας ταύτας ὀλίγας ὑποθήσομαι τοῖς συγγράφουσιν, ὡς κοινωνήσαιμι αὐτοῖς τῆς οἰκοδομίας, εἰ καὶ μὴ τῆς ἐπιγραφῆς, ἄκρῳ γε τῷ δακτύλῳ τοῦ πηλοῦ προσαψάμενος.

plus utile. Diogène, au milieu de tout cela, voyant qu'il n'avait rien à faire, parce que personne ne voulait l'employer à rien, relève son manteau jusqu'à la ceinture, et se met à rouler le tonneau qui lui servait de maison, du haut en bas du Cranium. « Que fais-tu là, Diogène? lui dit un de ses amis. — Je roule mon tonneau, dit-il, afin de ne pas rester seul oisif au milieu de tant de gens occupés. »

IV. De même, mon cher Philon, pour ne pas rester seul muet en un temps où tout le monde parle, et ne pas ressembler à un figurant de comédie, qui ne dit rien la bouche ouverte, j'ai pensé que je ferais bien de rouler aussi mon tonneau, mais non pour écrire l'histoire et pour faire des récits; je ne suis point assez téméraire, et tu n'as pas à craindre cela de ma part. Je connais le danger auquel s'exposent ceux qui roulent sur des pierres un objet qui n'est pas plus gros que mon tonneau, tout frêle, et fait d'une argile légère; je me verrais bientôt réduit, au moindre caillou que je rencontrerais, à en ramasser les débris. Que me suis-je donc proposé, et comment vais-je prendre part à la guerre, sans courir de danger, et en restant hors de la portée du trait? c'est ce que je vais te dire.

.... La fumée et les flots,

et les soucis inséparables de la composition historique, je m'en débarrasse et je fais bien. Mais j'ai dessein de donner quelques avis, quelques préceptes à ceux qui écrivent l'histoire, afin de partager avec eux les travaux de construction, sans prétendre voir mon nom inscrit sur l'édifice, puisque je n'aurai touché le mortier que du bout du doigt.

V. Καίτοι οὐδὲ παραινέσεως οἱ πολλοὶ δεῖν οἴονται σφίσιν ἐπὶ τὸ πρᾶγμα, οὐ μᾶλλον ἢ τέχνης τινὸς ἐπὶ τὸ βαδίζειν ἢ βλέπειν ἢ ἐσθίειν, ἀλλὰ πάνυ ῥᾷστον καὶ πρόχειρον καὶ ἅπαντος εἶναι ἱστορίαν συγγράψαι, ἤν τις ἑρμηνεῦσαι τὸ ἐπελθὸν δύνηται· τὸ δὲ, οἶσθά που καὶ αὐτός, ὦ ἑταῖρε, ὡς οὐ τῶν εὐμεταχειρίστων οὐδὲ ῥᾳθύμως συντεθῆναι δυναμένων τοῦτ' ἐστὶν, ἀλλὰ, εἴ τι ἐν λόγοις καὶ ἄλλο, πολλῆς τῆς φροντίδος δεόμενον, ἤν τις, ὡς ὁ Θουκυδίδης φησὶν, ἐς ἀεὶ κτῆμα [1] συντιθείη. Οἶδα μὲν οὖν οὐ πάνυ πολλοὺς αὐτῶν ἐπιστρέψων, ἐνίοις δὲ καὶ πάνυ ἐπαχθὴς δόξων, καὶ μάλιστα ὁπόσοις ἀποτετέλεσται ἤδη καὶ ἐν τῷ κοινῷ δέδεικται ἡ ἱστορία. Εἰ δὲ καὶ ἐπήνηται ὑπὸ τῶν τότε ἀκροασαμένων, μανία ἥ γε ἐλπὶς ὡς οἱ τοιοῦτοι μεταποιήσουσιν ἢ μεταγράψουσί τι τῶν ἅπαξ κεκυρωμένων καὶ ὥσπερ ἐς τὰς βασιλείους αὐλὰς ἀποκειμένων [2]. Ὅμως δὲ οὐ χεῖρον καὶ πρὸς αὐτοὺς ἐκείνους εἰρῆσθαι, ἵν', εἴ ποτε πόλεμος ἄλλος συσταίη, ἢ Κελτοῖς πρὸς Γέτας, ἢ Ἰνδοῖς πρὸς Βακτρίους (οὐ γὰρ πρὸς ἡμᾶς γε τολμήσειεν ἄν τις, ἁπάντων ἤδη κεχειρωμένων), ἔχωσιν ἄμεινον συντιθέναι, τὸν κανόνα τοῦτον προσάγοντες, ἤνπερ γε δόξῃ αὐτοῖς ὀρθὸς εἶναι· εἰ δὲ μὴ, αὐτοὶ μὲν καὶ τότε τῷ αὐτῷ πήχει, ὥσπερ καὶ νῦν, μετρούντων τὸ πρᾶγμα· ὁ ἰατρὸς δὲ οὐ πάνυ ἀνιάσεται, ἢν πάντες Ἀβδηρῖται ἑκόντες Ἀνδρομέδαν τραγῳδῶσι.

VI. Διττοῦ δὲ ὄντος τοῦ τῆς συμβουλῆς ἔργου

V. Cependant la plupart de nos gens croient n'avoir pas plus besoin de conseils pour leur entreprise qu'il ne faut d'industrie pour marcher, voir ou manger : ils s'imaginent qu'écrire l'histoire est une chose fort aisée, à la portée de tous ceux qui peuvent exprimer clairement ce qui leur vient à l'esprit. Pour toi, mon cher, tu sais par ta propre expérience que ce travail n'est pas de ceux qui se font à la hâte et sans peine. Il y a besoin là, plus qu'en toute autre espèce d'ouvrage, d'une réflexion profonde, quand on veut, comme dit Thucydide, élever un monument éternel. Je suis donc convaincu que j'en détournerai un bien petit nombre, et que, d'un autre côté, je me rendrai odieux à quelques-uns, surtout à ceux qui ont déjà terminé leur histoire et l'ont présentée au public. En effet, s'ils ont été applaudis par leurs auditeurs, c'est folie d'espérer qu'ils changeront ou voudront corriger ce qui a été une fois approuvé et déposé pour ainsi dire dans les palais des rois. Malgré cela, je ne ferai pas mal de m'adresser à eux, afin que, s'il s'élève parfois une autre guerre, entre les Celtes et les Gètes, ou bien entre les Indiens et les Bactriens (car je ne pense pas qu'on ose nous la déclarer, maintenant que tout est soumis à notre empire), ces écrivains composent avec plus de goût, lorsqu'ils pourront appliquer à leurs ouvrages la règle que je leur trace, si toutefois ils la trouvent juste. Autrement, qu'ils continuent à les mesurer à l'aune dont ils usent maintenant : le médecin ne sera pas beaucoup attristé, en voyant que tous les Abdéritains veulent absolument jouer la tragédie d'*Andromède*.

VI. Notre ouvrage a deux objets : il enseigne à

(τὰ μὲν γὰρ αἱρεῖσθαι, τὰ δὲ φεύγειν διδάσκει),
φέρε πρῶτα εἴπωμεν ἅτινα φευκτέον τῷ ἱστορίαν
συγγράφοντι, καὶ ὧν μάλιστα καθαρευτέον· ἔπειτα,
οἷς χρώμενος οὐκ ἂν ἁμάρτοι τῆς ὀρθῆς καὶ ἐπ᾽
εὐθὺ ἀγούσης, ἀρχήν τε οἵαν αὐτῷ ἀρκτέον, καὶ τάξιν ἥντινα τοῖς ἔργοις ἐφαρμοστέον, καὶ μέτρον
ἑκάστου, καὶ ἃ σιωπητέον, καὶ οἷς ἐνδιατριπτέον,
καὶ ὅσα παραδραμεῖν ἄμεινον, καὶ ὅπως ἑρμηνεῦσαι
αὐτὰ καὶ συναρμόσαι. Ταῦτα μὲν καὶ τὰ τοιαῦτα
ὕστερον· νῦν δὲ τὰς κακίας ἤδη εἴπωμεν, ὁπόσαι
τοῖς φαύλως συγγράφουσι παρακολουθοῦσιν. Ἃ μὲν
οὖν κοινὰ πάντων λόγων ἐστὶν ἁμαρτήματα, ἔν
τε φωνῇ καὶ ἁρμονίᾳ καὶ διανοίᾳ καὶ τῇ ἄλλῃ
ἀτεχνίᾳ, μακρόν τε ἂν εἴη ἐπελθεῖν, καὶ τῆς πα-
ρούσης ὑποθέσεως οὐκ ἴδιον. Κοινὰ γὰρ, ὡς ἔφην,
ἁπάντων λόγων ἐστὶν ἁμαρτήματα ἔν τε φωνῇ καὶ
ἁρμονίᾳ.

VII. Ἃ δὲ ἐν ἱστορίᾳ διαμαρτάνουσι, τὰ
τοιαῦτα ἂν εὕροις ἐπιτηρῶν οἷα κἀμοὶ πολλάκις
ἀκροωμένῳ ἔδοξε, καὶ μάλιστα ἢν ἅπασιν αὐτοῖς
ἀναπετάσῃς τὰ ὦτα. Οὐκ ἄκαιρον δὲ μεταξὺ καὶ
ἀπομνημονεῦσαι ἔνια, παραδείγματος ἕνεκα, τῶν
ἤδη οὕτω συγγεγραμμένων. Καὶ πρῶτόν γε ἐκεῖνο,
ἡλίκον ἁμαρτάνουσιν, ἐπισκοπήσωμεν· ἀμελήσαντες
γὰρ οἱ πολλοὶ αὐτῶν τοῦ ἱστορεῖν τὰ γεγενημένα,
τοῖς ἐπαίνοις ἀρχόντων καὶ στρατηγῶν ἐνδιατρί-
βουσι, τοὺς μὲν οἰκείους ἐς ὕψος ἐπαίροντες, τοὺς
πολεμίους δὲ πέρα τοῦ μετρίου καταρρίπτοντες,
ἀγνοοῦντες ὡς οὐ στενῷ τῷ ἰσθμῷ διώρισται καὶ

rechercher certaines qualités, et à fuir certains défauts. Parlons d'abord de ce que doit éviter l'historien, de ce dont il faut qu'il ait grand soin de s'abstenir ; ensuite nous dirons ce qu'il a à faire pour ne jamais s'écarter de la ligne droite et suivre toujours le vrai chemin ; de quelle manière il doit commencer, à quel ordre il doit s'astreindre dans son ouvrage, quelle est la mesure de chaque partie, ce qu'il faut taire, sur quoi il faut insister, ce qu'il vaut mieux esquisser d'un trait rapide, avec quel soin tout doit être exprimé et enchaîné : tous ces préceptes, et autres semblables, viendront en second lieu. Dès à présent, nous allons dire quels sont les défauts ordinaires des mauvais historiens. Ceux qui sont communs à tous les genres de style, et qui tiennent à l'arrangement des mots, aux pensées, toutes les maladresses enfin de cette nature seraient trop longues à exposer ici, et en dehors de mon sujet : les fautes, en effet, qui se commettent contre la langue et le style sont communes à tous les genres.

VII. Mais les fautes qui se commettent dans l'histoire paraîtront, si l'on y fait réflexion, celles-là mêmes que j'ai souvent observées, lorsque j'ai entendu quelque lecture historique, et frapperont encore davantage ceux qui se mettront à écouter tous nos historiens du jour. Il ne sera pas hors de propos de rappeler ici, comme exemples, quelques-unes de ces sortes de compositions. Examinons, en premier lieu, quel en est le défaut le plus choquant. La plupart de ces historiens, négligeant de raconter les faits, se répandent en éloges sur les princes et les généraux, élevant jusqu'aux nues ceux de leur nation, et ravalant indécemment les ennemis. Ils ignorent que ce n'est pas un isthme étroit, un faible inter-

διατετείχισται ἡ ἱστορία πρὸς τὸ ἐγκώμιον, ἀλλά τι μέγα τεῖχος ἐν μέσῳ ἐστὶν αὐτῶν, καὶ τὸ τῶν μουσικῶν δὴ τοῦτο, δὶς διὰ πασῶν, ἐστὶ πρὸς ἄλληλα· εἴ γε τῷ μὲν ἐγκωμιάζοντι μόνου ἑνὸς μέλει, ὁπωσοῦν ἐπαινέσαι καὶ εὐφράναι τὸν ἐπαινούμενον· καὶ εἰ ψευσαμένῳ ὑπάρχει τυχεῖν τοῦ τέλους, ὀλίγον ἂν φροντίσειεν· ἡ δὲ οὐκ ἄν τι ψεῦδος ἐμπεσὸν ἡ ἱστορία, οὐδ' ἀχαριαῖον ἀνάσχοιτο, οὐ μᾶλλον ἢ τὴν ἀρτηρίαν ἰατρῶν παῖδές φασι τὴν τραχεῖαν παραδέξασθαι ἄν τι ἐς αὐτὴν καταποθέν.

VIII. Ἔτι ἀγνοεῖν ἐοίκασιν οἱ τοιοῦτοι ὡς ποιητικῆς μὲν καὶ ποιημάτων ἄλλαι ὑποσχέσεις καὶ κανόνες ἴδιοι, ἱστορίας δὲ ἄλλοι. Ἐκεῖ μὲν γὰρ ἀκρατὴς ἡ ἐλευθερία, καὶ νόμος εἷς, τὸ δόξαν τῷ ποιητῇ. Ἔνθεος γὰρ καὶ κάτοχος ἐκ Μουσῶν, κἂν ἵππων ὑποπτέρων ἅρμα ζεύξασθαι θέλῃ, κἂν ἐφ' ὕδατος[1] ἄλλους ἢ ἐπ' ἀνθερίκων ἄκρων θευσομένους ἀναβιβάσηται, φθόνος οὐδείς, οὐδὲ, ὁπόταν ὁ Ζεὺς αὐτῶν, ἀπὸ μιᾶς σειρᾶς ἀνασπάσας[2], αἰωρῇ ὁμοῦ γῆν καὶ θάλατταν, δεδίασι μὴ, ἀπορραγείσης ἐκείνης, συντριβῇ τὰ πάντα κατενεχθέντα. Ἀλλὰ κἂν Ἀγαμέμνονα ἐπαινέσαι θέλωσιν[3], οὐδεὶς ὁ κωλύσων Διῒ μὲν αὐτὸν ὅμοιον εἶναι τὴν κεφαλὴν καὶ τὰ ὄμματα, τὸ στέρνον δὲ τῷ ἀδελφῷ αὐτοῦ τῷ Ποσειδῶνι, τὴν δὲ ζώνην τῷ Ἄρει· καὶ ὅλως σύνθετον ἐκ πάντων θεῶν γενέσθαι δεῖ τὸν Ἀτρέως καὶ Ἀερόπης. Οὐ γὰρ ἱκανὸς ὁ Ζεὺς οὐδ' ὁ Ποσειδῶν οὐδὲ ὁ Ἄρης μόνος ἕκαστος ἀναπληρῶσαι τὸ κάλλος αὐτοῦ. Ἡ ἱστορία δὲ, ἥν τινα κολακείαν τοιαύτην προσ-

valle qui sépare l'histoire de l'éloge, mais une épaisse muraille; et que, pour nous servir d'une expression de musique, il y a entre eux la distance de deux octaves. Le faiseur d'éloges n'a qu'une préoccupation, c'est de louer, de charmer l'objet de sa louange, et s'il y réussit par le mensonge, il s'en inquiète fort peu; mais l'histoire n'admet pas plus un mensonge, même le plus léger, que le conduit nommé trachée-artère par les enfants des médecins ne peut recevoir la boisson qui s'y engage.

VIII. Nos auteurs semblent ignorer encore que la poésie et les poëmes ont d'autres règles, d'autres lois que celles de l'histoire. Là règne une liberté absolue : l'unique loi, c'est le caprice du poëte; il est dans l'enthousiasme; les Muses le possèdent tout entier; et, soit qu'il attelle des chevaux ailés à un char, soit qu'il en fasse voler d'autres à la surface des eaux ou sur la tête des épis, personne ne lui en veut. Quand leur Jupiter enlève la terre et la mer, suspendues à une seule chaîne, on ne craint pas qu'elle ne se brise et que l'univers ne soit écrasé par cette chute. Quand ils veulent louer Agamemnon, personne ne s'oppose à ce qu'ils lui donnent la tête et les yeux de Jupiter, la poitrine du frère du souverain des dieux, Neptune, et la ceinture de Mars. Il faut absolument que le fils d'Atrée et d'Aéropé soit un composé de tous ces dieux, puisque ni Jupiter, ni Neptune, ni Mars ne peut répondre isolément à l'idée qu'on a de sa beauté. Mais si l'histoire admettait

λάβη, τί ἄλλο ἢ πεζή τις ποιητικὴ γίγνεται; τῆς
μεγαλοφωνίας μὲν ἐκείνης ἐστερημένη, τὴν λοιπὴν
δὲ τερατείαν γυμνὴν τῶν μέτρων, καὶ δι᾿ αὐτὸ
ἐπισημοτέραν ἐκφαίνουσα; Μέγα τοίνυν, μᾶλλον δὲ
ὑπέρμεγα τοῦτο κακόν, εἰ μὴ εἰδείη τις χωρίζειν
τὰ ἱστορίας καὶ τὰ ποιητικῆς, ἀλλ᾿ ἐπεισάγοι τῇ
ἱστορίᾳ τὰ τῆς ἑτέρας κομμώματα, τὸν μῦθον καὶ
τὸ ἐγκώμιον καὶ τὰς ἐν τούτοις ὑπερβολάς· ὥσπερ
ἂν εἴ τις ἀθλητὴν τῶν καρτερῶν τούτων καὶ κομιδῇ
πρινίνων ἁλουργίσι περιβάλοι καὶ τῷ ἄλλῳ κόσμῳ
τῷ ἑταιρικῷ, καὶ φυκίον ἐντρίβοι καὶ ψιμμύθιον
τῷ προσώπῳ· Ἡράκλεις, ὡς καταγέλαστον αὐτὸν
ἀπεργάσαιτο, αἰσχύνας τῷ κόσμῳ ἐκείνῳ.

IX. Καὶ οὐ τοῦτό φημι ὡς οὐχὶ καὶ ἐπαινετέον
ἐν ἱστορίᾳ ἐνίοτε· ἀλλ᾿ ἐν καιρῷ τῷ προσήκοντι
ἐπαινετέον, καὶ μέτρον ἐπακτέον τῷ πράγματι τὸ
μὴ ἐπαχθὲς τοῖς ὕστερον ἀναγνωσομένοις αὐτά, καὶ
ὅλως πρὸς τὰ ἔπειτα κανονιστέον τὰ τοιαῦτα, ἅπερ
μικρὸν ὕστερον ἐπιδείξομεν. Ὅσοι δὲ οἴονται καλῶς διαιρεῖν ἐς δύο τὴν ἱστορίαν, εἰς τὸ τερπνὸν
καὶ χρήσιμον, καὶ διὰ τοῦτο εἰσποιοῦσι καὶ τὸ ἐγκώμιον ἐς αὐτήν, ὡς τερπνὸν καὶ εὐφραῖνον τοὺς ἐν-
τυγχάνοντας, ὁρᾷς ὅσον τἀληθοῦς ἡμαρτήκασι;
πρῶτον μὲν κιβδήλῳ τῇ διαιρέσει χρώμενοι· ἐν γὰρ
ἔργον ἱστορίας καὶ τέλος, τὸ χρήσιμον, ὅπερ ἐκ τοῦ
ἀληθοῦς μόνου συνάγεται· τὸ τερπνὸν δὲ, ἄμεινον
μὲν εἰ καὶ αὐτὸ παρακολουθήσειεν, ὥσπερ καὶ
κάλλος ἀθλητῇ· εἰ δὲ μὴ, οὐδὲν κωλύει ἀφ᾿ Ἡρακλέους γενέσθαι Νικόστρατον τὸν Ἰσιδότου, γεν-

pareille flatterie, que serait-elle, sinon une poésie en prose, dépouillée de la magnificence de son style, et laissant apercevoir toutes les fictions dont le mètre poétique ne cache plus la nudité? C'est donc un grand, un énorme défaut, que de ne pas savoir séparer l'histoire de la poésie, et de donner à l'une les ornements qui ne conviennent qu'à l'autre, tels que la fable, la louange, et ce qu'il y a d'exagéré en elles. C'est comme si l'on revêtait d'habits de pourpre un de ces robustes athlètes, aussi durs qu'un chêne, et qu'on lui mît sur le corps toute une parure de courtisan, avec de la céruse et du vermillon au visage. Par Hercule! combien on le rendrait risible, combien on l'enlaidirait par cette parure même!

IX. Je ne prétends pas pourtant interdire complétement l'éloge à l'histoire : mais il faut qu'il y soit amené à propos, qu'il y soit fait avec mesure, et de manière à ne pas choquer ceux qui le liront un jour; en un mot, il faut se régler sur certains principes, que nous développerons plus loin. Quant à ceux qui croient bien faire lorsqu'ils divisent l'histoire en deux parties, l'une d'agrément et l'autre d'utilité, et qui, par suite, y introduisent l'éloge, comme étant de soi-même agréable et propre à égayer le lecteur, vois combien ils s'écartent de la vérité! Et d'abord leur distinction est vicieuse : l'unique objet, le seul but de l'histoire, c'est l'utilité, et c'est de la vérité seule que l'utilité peut naître; en second lieu, l'agrément est avantageux, sans doute, mais seulement lorsqu'il accompagne l'utile, comme la beauté relève la vigueur d'un athlète. Ainsi rien n'empêche d'admettre dans la famille d'Hercule le fils d'Isidotus, Nicostrate,

νάδαν ὄντα, καὶ τῶν ἀνταγωνιστῶν ἑκατέρων ἀλ-
κιμώτερον, εἰ αὐτὸς μὲν αἴσχιστος ὀφθῆναι εἴη τὴν
ὄψιν, Ἀλκαῖος δὲ ὁ καλὸς, ὁ Μιλήσιος, ἀνταγωνί-
ζοιτο αὐτῷ. Καὶ τοίνυν ἡ ἱστορία, εἰ μὲν ἄλλως τὸ
τερπνὸν παρεμπορεύσαιτο, πολλοὺς ἂν τοὺς ἐρα-
στὰς ἐπισπάσαιτο· ἄχρι δ᾽ ἂν καὶ μόνον ἔχῃ τὸ
ἴδιον ἐντελὲς, λέγω δὲ τὴν τῆς ἀληθείας δήλωσιν,
ὀλίγον τοῦ κάλλους φροντιεῖ.

Χ. Ἔτι κἀκεῖνο εἰπεῖν ἄξιον, ὅτι οὐδὲ τερπνὸν ἐν αὐτῇ τὸ κομιδῇ μυθῶδες, καὶ τὸ τῶν
ἐπαίνων μάλιστα πρόσαντες παρ᾽ ἑκάτερον τοῖς
ἀκούουσιν, ἢν μὴ τὸν συρφετὸν καὶ τὸν πολὺν δῆ-
μον ἐπινοήσαις, ἀλλὰ τοὺς δικαστικῶς, καὶ νὴ Δία
συκοφαντικῶς προσέτι γε ἀκροασομένους, οὓς οὐκ
ἄν τι λάθοι παραδραμὸν, ὀξύτερον μὲν τοῦ Ἄργου
ὁρῶντας, καὶ πανταχόθεν τοῦ σώματος, ἀργυρα-
μοιβικῶς δὲ τῶν λεγομένων ἕκαστα ἐξετάζοντας,
ὡς τὰ μὲν παρακεκομμένα εὐθὺς ἀπορρίπτειν, παρα-
δέχεσθαι δὲ τὰ δόκιμα καὶ ἔννομα καὶ ἀκριβῆ τὸν
τύπον· πρὸς οὓς ἀποβλέποντα χρὴ συγγράφειν, τῶν
δ᾽ ἄλλων ὀλίγον φροντίζειν, κἂν διαρραγῶσιν ἐπαι-
νοῦντες. Ἢν δ᾽, ἀμελήσας ἐκείνων, ἡδύνης πέρα
τοῦ μετρίου τὴν ἱστορίαν μύθοις καὶ ἐπαίνοις καὶ
τῇ ἄλλῃ θωπείᾳ, τάχιστ᾽ ἂν ὁμοίαν αὐτὴν ἐξεργά-
σαιο τῷ ἐν Λυδίᾳ Ἡρακλεῖ. Ἑωρακέναι γάρ πού
σε εἰκὸς γεγραμμένον, τῇ Ὀμφάλῃ δουλεύοντα,
πάνυ ἀλλόκοτον σκευὴν ἐσκευασμένον, ἐκείνην μὲν
τὸν λέοντα αὐτοῦ περιβεβλημένην, καὶ τὸ ξύ-
λον ἐν τῇ χειρὶ ἔχουσαν, ὡς Ἡρακλέα δῆθεν οὖσαν,

vigoureux lutteur qui l'emporta sur tous ses antago-
nistes, quoiqu'il fût fort laid, et qu'il ait eu pour
concurrent le bel Alcée de Milet. L'histoire donc,
parée d'agréments qui rehaussent son utilité, doit
attirer un grand nombre d'amateurs; mais n'eût-elle
que la beauté qui lui est propre, je veux dire la ma-
nifestation de la vérité, elle s'inquiète peu d'être
belle.

X. Ajoutons que ce n'est point un agrément dans
l'histoire, que d'y rencontrer des récits fabuleux, des
éloges outrés : les uns et les autres répugnent aux
auditeurs, si l'on n'entend pas par ce mot le rebut et
la lie du peuple, mais les hommes qui écoutent comme
des juges et même comme des accusateurs; qui ne
laissent rien échapper; dont les yeux sont plus per-
çants que ceux d'Argus, et répandus aussi par tout
le corps; qui semblent examiner chaque parole avec
une pierre de touche, afin de rejeter aussitôt celles
qui sont de mauvais aloi, et de n'admettre que celles
qui sont justes, légales, et marquées au bon coin :
voilà les gens qu'il faut avoir en vue quand on écrit
l'histoire; pour les autres, il ne faut point s'en sou-
cier, quand ils se tueraient à vous combler d'éloges.
Si donc, sans respect pour ces juges, tu assaisonnes
l'histoire de fables, d'éloges, et autres douceurs ou-
trées, tu la feras bientôt ressembler à Hercule en
Lydie. Tu as vu sans doute dans quelque tableau ce
héros peint en esclave d'Omphale, chargé d'ornements
qui ne sont nullement faits pour lui, et cette princesse
revêtue de la peau de lion et tenant d'une main la
massue, comme si elle était Hercule, tandis que le

αὐτὸν δὲ ἐν κροκωτῷ καὶ πορφυρίδι, ἔρια ξαίνοντα, καὶ παιόμενον ὑπὸ τῆς Ὀμφάλης τῷ σανδαλίῳ[1]· καὶ τὸ θέαμα αἴσχιστον, ἀφεστῶσα ἡ ἐσθὴς τοῦ σώματος, καὶ μὴ προσιζάνουσα, καὶ τοῦ θεοῦ τὸ ἀνδρῶδες ἀσχημόνως καταθηλυνόμενον.

XI. Καὶ οἱ μὲν πολλοὶ ἴσως καὶ ταῦτά σοι ἐπαινέσονται· οἱ ὀλίγοι δὲ ἐκεῖνοι, ὧν σὺ καταφρονεῖς, μάλα ἡδὺ καὶ ἐς κόρον γελάσονται, ὁρῶντες τὸ ἀσύμφυλον καὶ ἀνάρμοστον καὶ δυσκόλλητον τοῦ πράγματος. Ἑκάστου γὰρ δὴ ἴδιόν τι καλόν ἐστιν· εἰ δὲ τοῦτο ἐναλλάξειας, ἀκαλλὲς τὸ αὐτὸ παρὰ τὴν χρῆσιν γίγνεται. Ἐῶ λέγειν ὅτι οἱ ἔπαινοι ἑνὶ μὲν ἴσως τερπνοί, τῷ ἐπαινουμένῳ, τοῖς δ' ἄλλοις ἐπαχθεῖς· καὶ μάλιστα ἢν ὑπερφυεῖς τὰς ὑπερβολὰς ἔχωσιν, οἵους αὐτοὺς οἱ πολλοὶ ἀπεργάζονται, τὴν εὔνοιαν τὴν παρὰ τῶν ἐπαινουμένων θηρώμενοι καὶ ἐνδιατρίβοντες, ἄχρι τοῦ πᾶσι προφανῆ τὴν κολακείαν ἐξεργάσασθαι· οὐδὲ γὰρ κατὰ τέχνην αὐτὸ δρᾶν ἴσασιν, οὐδ' ἐπισκιάζουσι τὴν θωπείαν· ἀλλ' ἐμπεσόντες, ἀθρόα πάντα καὶ ἀπίθανα καὶ γυμνὰ διεξίασιν.

XII. Ὥστε οὐδὲ τυγχάνουσιν οὗ μάλιστα ἐφίενται· οἱ γὰρ ἐπαινούμενοι πρὸς αὐτῶν μισοῦσι μᾶλλον καὶ ἀποστρέφονται ὡς κόλακας, εὖ ποιοῦντες, καὶ μάλιστα ἢν ἀνδρώδεις τὰς γνώμας ὦσιν· ὥσπερ Ἀριστοβούλου μονομαχίαν γράψαντος Ἀλεξάνδρου καὶ Πώρου, καὶ ἀναγνόντος αὐτῷ τοῦτο μάλιστα τὸ χωρίον τῆς γραφῆς (ᾤετο γὰρ χαριεῖσθαι τὰ μέγιστα τῷ βασιλεῖ, ἐπιψευδόμενος ἀριστείας τινὰς αὐτῷ,

héros, couvert d'une robe de pourpre, file de la laine, et se laisse donner des coups de pantoufle par Omphale. C'est le plus honteux des spectacles de voir un vêtement si mal approprié au personnage, qui lui sied si peu, et qui ravale indignement jusqu'à la femme la virilité du demi-dieu.

XI. Peut-être la foule applaudira-t-elle à ce genre d'écrits; mais ce petit nombre d'hommes que tu dédaignes rira de bon cœur et jusqu'aux larmes, à la vue de ton œuvre absurde, incohérente et mal agencée. En effet, c'est ce qui convient à chaque chose qui en fait la beauté; et, si l'on transporte à l'une ce qui n'est propre qu'à l'autre, cet abus produit la laideur. Je n'ai pas besoin de dire que les louanges, agréables peut-être à un seul, c'est-à-dire à celui auquel elles s'adressent, sont insupportables aux autres, surtout si elles sont excessives, et telles qu'en donnent ces écrivains vulgaires, qui pourchassent la bienveillance de ceux qu'ils encensent, et qui ne les quittent que quand leur adulation éclate aux yeux de tous. Ils ignorent, en effet, l'art de louer et de voiler leur flatterie : ils se ruent en accumulant les choses les plus incroyables, et en les présentant toutes nues aux regards.

XII. Aussi n'obtiennent-ils pas ce qu'ils souhaitent le plus vivement; ceux qui sont loués par cette sorte d'écrivains les prennent en haine et se détournent d'eux comme de vils flatteurs : et ils ont raison, surtout quand leur âme est bien située. C'est ainsi qu'Aristobule, ayant décrit le combat singulier d'Alexandre et de Porus, et lisant spécialement au roi ce morceau de son ouvrage, dans l'espoir qu'il lui

καὶ ἀναπλάττων ἔργα· μείζω τῆς ἀληθείας), λαβὼν ἐκεῖνος τὸ βιβλίον (πλέοντες δ' ἐτύγχανον ἐν τῷ ποταμῷ τῷ Ὑδάσπει), ἔρριψεν ἐπὶ κεφαλὴν ἐς τὸ ὕδωρ, ἐπειπών· « Καὶ σὲ δὲ οὕτως ἐχρῆν, ὦ Ἀριστόβουλε[1], τοιαῦτα ὑπὲρ ἐμοῦ μονομαχοῦντα, καὶ ἐλέφαντας ἑνὶ ἀκοντίῳ φονεύοντα. »

Καὶ ἔμελλέ γε οὕτως ἀγανακτήσειν ὁ Ἀλέξανδρος, ὅς γε οὐδὲ τὴν τοῦ ἀρχιτέκτονος τόλμαν ἠνέσχετο, ὑποσχομένου τὸν Ἄθω εἰκόνα ποιήσειν αὐτοῦ, καὶ μετακοσμήσειν τὸ ὄρος ἐς ὁμοιότητα τοῦ βασιλέως· ἀλλά, κόλακα εὐθὺς ἐπιγνοὺς τὸν ἄνθρωπον, οὐκέτ' οὐδ' ἐς τὰ ἄλλα ὁμοίως ἐχρῆτο[2].

XIII. Ποῦ τοίνυν τὸ τερπνὸν ἐν τούτοις, ἐκτὸς εἰ μή τις κομιδῇ ἀνόητος εἴη, ὡς χαίρειν τὰ τοιαῦτα ἐπαινούμενος ὧν παρὰ πόδας οἱ ἔλεγχοι; ὥσπερ οἱ ἄμορφοι τῶν ἀνθρώπων, καὶ μάλιστά γε τὰ γύναια τοῖς γραφεῦσι παρακελευόμενα ὡς καλλίστας αὐτὰς γράφειν· οἴονται γὰρ ἄμεινον ἕξειν τὴν ὄψιν, ἢν ὁ γραφεὺς αὐταῖς ἐρύθημά τε πλεῖον ἐπανθίσῃ καὶ τὸ λευκὸν ἐγκαταμίξῃ πολὺ τῷ φαρμάκῳ. Τοιοῦτοι τῶν συγγραφόντων οἱ πολλοί εἰσι τὸ τήμερον, καὶ τὸ ἴδιον καὶ τὸ χρειῶδες, ὅ τι ἂν ἐκ τῆς ἱστορίας ἐλπίσωσι, θεραπεύοντες. Οὓς μισεῖσθαι καλῶς εἶχεν, ἐς μὲν τὸ παρὸν κόλακας προδήλους καὶ ἀτέχνους ὄντας, ἐς τοὐπιὸν δὲ ὕποπτον ταῖς ὑπερβολαῖς τὴν ὅλην πραγματείαν ἀποφαίνοντας. Εἰ δέ τις πάντως τὸ τερπνὸν ἡγεῖται καταμεμίχθαι δεῖν τῇ ἱστορίᾳ, πάσῃ τὰ ἄλλα ἃ σὺν ἀληθείᾳ τερπνά ἐστιν ἐν τοῖς ἄλλοις κάλλεσι

concilierait surtout la faveur du prince, en raison des mensonges qu'il avait inventés pour rehausser la gloire d'Alexandre, et de l'exagération qu'il avait donnée à ses exploits réels, le roi prit le livre et le jeta dans l'Hydaspe, sur lequel ils se trouvaient naviguer, ajoutant : « Je devrais, Aristobule, t'y jeter aussi la tête la première, pour t'apprendre à me faire soutenir de pareils combats et tuer des éléphants d'un seul coup de javelot. » Alexandre devait, en effet, se sentir transporté de colère, lui qui n'avait pu souffrir l'audace d'un architecte qui lui avait proposé de tailler sa statue dans le mont Athos, et de transformer cette montagne en sa ressemblance. Le roi avait reconnu sur-le-champ que cet homme n'était qu'un flatteur, et il ne voulut plus l'employer désormais.

XIII. Que peut-on, je le demande, trouver d'agréable à de pareils éloges, à moins d'être assez fou pour aimer des louanges qu'il est si facile de convaincre de fausseté? C'est ressembler à ces hommes laids, ou plutôt à ces femmes qui recommandent aux peintres de les faire les plus belles possible : elles s'imaginent qu'elles n'en seront que plus jolies, si l'artiste fleurit l'incarnat de leur teint et mêle du blanc à ses couleurs. Ainsi font la plupart de nos historiens, qui se rendent esclaves du moment actuel, de leur intérêt, de l'utilité qu'ils espèrent retirer de l'histoire : il est juste de les haïr, comme étant dès à présent des flatteurs de profession, des ignorants; et, pour l'avenir, des témoins dont le langage hyperbolique rend suspect le fond même du récit. Si cependant on croit qu'il est tout à fait indispensable de répandre quelque agrément sur l'histoire, on y pourra joindre ces ornements, compatibles avec la vérité,

τοῦ λόγου· ὧν ἀμελήσαντες οἱ πολλοὶ τὰ μηδὲν προσήκοντα ἐπεισκυκλοῦσιν.

XIV. Ἐγὼ δ᾽ οὖν καὶ διηγήσομαι ὁπόσα μέμνημαι ἔναγχος ἐν Ἰωνίᾳ συγγραφέων τινῶν, καὶ νὴ Δία ἐν Ἀχαΐᾳ πρώην ἀκούσας τὸν αὐτὸν τοῦτον πόλεμον διηγουμένων· καὶ πρὸς Χαρίτων, μηδεὶς ἀπιστήσειε τοῖς λεχθησομένοις· ὅτι γὰρ ἀληθῆ ἐστὶ κἂν ἐπωμοσαίμην, εἰ ἀστεῖον ἦν ὅρκον ἐντιθέναι συγγράμματι. Εἷς μέν τις αὐτῶν ἀπὸ Μουσῶν εὐθὺς ἤρξατο, παρακαλῶν τὰς θεὰς συνεφάψασθαι τοῦ συγγράμματος. Ὁρᾷς ὡς ἐμμελὴς ἡ ἀρχὴ, καὶ περὶ πόδα τῇ ἱστορίᾳ, καὶ τῷ τοιούτῳ εἴδει τῶν λόγων πρέπουσα; Εἶτα μικρὸν ὑποβὰς, Ἀχιλλεῖ μὲν τὸν ἡμέτερον ἄρχοντα[1] εἴκαζε, Θερσίτῃ δὲ τὸν τῶν Περσῶν βασιλέα, οὐκ εἰδὼς ὅτι ὁ Ἀχιλλεὺς ἀμείνων ἦν αὐτῷ, εἰ Ἕκτορα μᾶλλον ἢ Θερσίτην καθῄρει, καὶ εἰ πρόσθεν μὲν ἔφευγεν ἐσθλός τις[2],

ἐδίωκε δέ μιν μέγ᾽ ἀμείνων.

Εἶτ᾽ ἐπῆγεν ὑπὲρ αὐτοῦ τι ἐγκώμιον, καὶ ὡς ἄξιος εἴη συγγράψαι τὰς πράξεις οὕτω λαμπρὰς οὔσας. Ἤδη δὲ κατιών, ἐπῄνει καὶ τὴν πατρίδα τὴν Μίλητον, προστιθεὶς ὡς ἄμεινον ποιοῖ τοῦτο τοῦ Ὁμήρου, μηδὲν μνησθέντος τῆς πατρίδος. Εἶτ᾽ ἐπὶ τέλει τοῦ φροιμίου ὑπισχνεῖτο διαρρήδην καὶ σαφῶς ἐπὶ μεῖζον μὲν ἀρεῖν τὰ ἡμέτερα, τοὺς βαρβάρους δὲ καταπολεμήσειν καὶ αὐτός, ὡς ἂν δύνηται· καὶ ἤρξατό γε τῆς ἱστορίας οὕτως, αἰτία ἅμα τῆς τοῦ πολέμου

qu'on emploie dans les autres genres de composition, tandis que nos historiens inhabiles les négligent pour y introduire des embellissements étrangers.

XIV. Je veux, du reste, te faire part de quelques-uns de ces traits que je me rappelle avoir entendu dernièrement débiter en Ionie, et tout récemment encore en Achaïe, par des historiens de la guerre actuelle. Au nom des Grâces, ne va pas douter que mes paroles ne soient vraies! J'en ferais le serment, s'il était décent de jurer dans un écrit. L'un débute par une invocation aux Muses, et prie ces déesses de mettre la main avec lui à son ouvrage. Voyez le bel exorde; comme il va bien à l'histoire! comme il est fait tout exprès pour ce genre d'écrire! Peu après il compare notre général à Achille, et le roi des Perses à Thersite. Il ignore apparemment qu'Achille est plus illustre par sa victoire sur Hector que s'il eût tué Thersite, et que, lorsqu'un vaillant guerrier prend la fuite,

> Celui qui le poursuit est plus vaillant encore.

Ensuite il se donne à lui-même des louanges comme étant bien digne de raconter de si brillants événements. Plus bas, il fait l'éloge de Milet, sa patrie, ajoutant qu'il agit beaucoup mieux qu'Homère, qui nulle part n'a parlé de la sienne. A la fin de son exorde, il promet expressément et en termes clairs d'exalter de son mieux nos actions et de faire de toutes ses forces la guerre aux barbares. Voici, en effet, le commencement de son histoire et l'exposé des

ἀρχῆς διεξιών · « Ὁ γὰρ μιαρώτατος καὶ κάκιστ᾽ ἀπολούμενος Οὐολόγεσος, ἤρξατο πολεμεῖν, δι᾽ αἰτίαν τοιάνδε. » Οὗτος μὲν τοιαῦτα.

XV. Ἕτερος δὲ, Θουκυδίδου ζηλωτὴς ἄκρος, οἷος εὖ μάλα τῷ ἀρχετύπῳ εἰκασμένος, καὶ τὴν ἀρχὴν ὡς ἐκεῖνος σὺν τῷ ἑαυτοῦ ὀνόματι ἤρξατο, χαριεστάτην ἀρχῶν ἁπασῶν, καὶ θύμου τοῦ Ἀττικοῦ ἀποπνέουσαν· ὅρα γάρ· « Κρεπέριος Καλπουρνιανὸς[1] Πομπηϊουπολίτης[2] συνέγραψε τὸν πόλεμον τῶν Παρθυαίων καὶ Ῥωμαίων, ὡς ἐπολέμησαν πρὸς ἀλλήλους, ἀρξάμενος εὐθὺς ξυνισταμένου. » Ὥστε μετά γε τοιαύτην ἀρχὴν τί ἄν σοι τὰ λοιπὰ λέγοιμι, ὁποῖα ἐν Ἀρμενίᾳ ἐδημηγόρησε, τὸν Κερκυραῖον αὐτὸν ῥήτορα παραστησάμενος; ἢ οἷον Νισιβηνοῖς λοιμὸν, τοῖς μὴ τὰ Ῥωμαίων αἱρουμένοις, ἐπήγαγε, παρὰ Θουκυδίδου χρησάμενος ὅλον ἄρδην, πλὴν μόνου τοῦ Πελασγικοῦ καὶ τῶν τειχῶν τῶν μακρῶν[3], ἐν οἷς οἱ τότε λοιμώξαντες ᾤκησαν; Τὰ δ᾽ ἄλλα καὶ ἀπὸ Αἰθιοπίας ἤρξατο, ὥστε καὶ ἐς Αἴγυπτον κατέβη, καὶ ἐς τὴν βασιλέως γῆν τὴν πολλήν· καὶ ἐν ἐκείνῃ γε ἔμεινεν, εὖ ποιῶν. Ἐγὼ γοῦν θάπτοντα αὐτὸν ἔτι καταλιπὼν τοὺς ἀθλίους Ἀθηναίους ἐν Νισίβει, ἀπῆλθον, ἀκριβῶς εἰδὼς καὶ ὅσα ἀπελθόντος ἐρεῖν ἔμελλε. Καὶ γὰρ αὖ καὶ τοῦτο ἐπιεικῶς πολὺ νῦν ἐστι, τὸ οἴεσθαι τοῦτο εἶναι τοῖς Θουκυδίδου ἐοικότα λέγειν, εἰ ὀλίγον ἐντρέψας, τὰ αὐτοῦ ἐκείνου λέγοι τις μικρὰ κἀκεῖνα· « ὡς καὶ αὐτὸς ἂν φαίης, » « οὐ δι᾽ αὐτὴν, νὴ Δία, » « κἀκεῖνα ὀλίγου δεῖν παρέλιπον[4]· » ὁ γὰρ

causes qui ont amené la lutte : « L'abominable Vologèse, digne de périr de la mort la plus infâme, a commencé la guerre pour ce motif. »

XV. C'est ainsi qu'il s'exprime. Un autre, grand imitateur de Thucydide, voulant faire voir qu'il s'est formé sur cet excellent modèle, commence, comme lui, par se nommer en tête de son ouvrage, exorde délicieux et tout parfumé de thym attique. Écoute : « Crépéreius Calpurnianus, de Pompéia, a écrit la guerre des Parthes et des Romains, telle qu'elle a eu lieu dans tous ses détails et en commençant dès les premières hostilités. » Après un pareil début, ai-je besoin de te parler du reste, et de te dire que, lorsqu'il fait prononcer une harangue en Arménie, il nous reproduit l'orateur des Corcyréens ; qu'envoyant une peste aux Nisibéniens pour n'avoir pas suivi le parti des Romains, il copie mot à mot Thucydide, excepté le Pélasgique et les Longs-Murs, où habitaient ceux qui étaient atteints du fléau ? Du reste, il dit à propos de sa peste . « Elle commença par l'Éthiopie, descendit en Égypte, et gagna la plus grande partie de la domination du grand roi ; » et puis il s'arrête là, et il a raison. Pour moi, je le laissai enterrer les malheureux Athéniens à Nisibe, et je me retirai, sachant d'avance tout ce qu'il allait dire après mon départ. Rien, d'ailleurs, n'est plus commun de nos jours que de voir des auteurs qui croient imiter Thucydide, lorsqu'ils emploient avec quelques légers changements les expressions mêmes et les petites phrases de cet historien. Par exemple : « Vous conviendrez vousmêmes : » ou bien : « Ce n'est pas pour cette raison, par Jupiter ! » ou enfin : « J'étais sur le point d'omet-

αὐτὸς οὗτος συγγραφεὺς πολλὰ καὶ τῶν ὅπλων καὶ
τῶν μηχανημάτων, ὡς Ῥωμαῖοι αὐτὰ ὀνομάζουσιν,
οὕτως ἀνέγραψε, καὶ τάφρον, ὡς ἐκεῖνοι, καὶ γέφυ-
ραν, καὶ τὰ τοιαῦτα. Καί μοι ἐννόησον ἡλίκον τὸ
ἀξίωμα τῆς ἱστορίας καὶ ὡς Θουκυδίδῃ πρέπον,
μεταξὺ τῶν Ἀττικῶν ὀνομάτων τὰ Ἰταλιωτικὰ
ταῦτ' ἐγκεῖσθαι, ὥσπερ τὴν πορφύραν ἐπικοσμοῦντα,
καὶ ἐμπρέποντα καὶ πάντως συνάδοντα.

XVI. Ἄλλος δέ τις αὐτῶν, ὑπόμνημα τῶν γεγο-
νότων γυμνὸν συναγαγὼν ἐν γραφῇ κομιδῇ πεζὸν καὶ
χαμαιπετὲς, οἷον καὶ στρατιώτης ἄν τις τὰ καθ' ἡμέ-
ραν ἀπογραφόμενος, συνέθηκεν, ἢ τέκτων ἢ κάπηλός
τις συμπερινοστῶν τῇ στρατιᾷ· πλὴν ἀλλὰ μετριώ-
τερός γε ὁ ἰδιώτης οὗτος ἦν, αὐτὸς μὲν αὐτίκα δῆλος
ὢν οἷος ἦν, ἄλλῳ δέ τινι χαρίεντι καὶ δυνησομένῳ
ἱστορίαν μεταχειρίσασθαι προπεπονηκώς. Τοῦτο
μόνον ᾐτιασάμην αὐτοῦ, ὅτι οὕτως ἐπέγραψε τὰ
βιβλία τραγικώτερον ἢ κατὰ τὴν τῶν συγγραμ-
μάτων τύχην · « Καλλιμόρφου ἰατροῦ τῆς τῶν
κοντοφόρων ἕκτης ἱστοριῶν Παρθικῶν. » Καὶ ὑπεγέ-
γραπτο ἑκάστῃ ὁ ἀριθμός. Καὶ νὴ Δία καὶ τὸ προοίμιον ὑπέρψυχρον ἐποίησεν, οὕτω συναγαγών·
οἰκεῖον εἶναι ἰατρῷ ἱστορίαν συγγράφειν, εἴ γε ὁ
Ἀσκληπιὸς μὲν Ἀπόλλωνος υἱός, Ἀπόλλων δὲ Μου-
σηγέτης καὶ πάσης παιδείας ἄρχων. Καὶ ὅτι ἀρξάμενος ἐν τῇ Ἰάδι γράφειν, οὐκ οἶδα ὅ τι δόξαν,
αὐτίκα μάλα ἐπὶ τὴν κοινὴν μετῆλθεν, ἰητρείην
μὲν λέγων, καὶ πείρην, καὶ ὁκόσα, καὶ νοῦσοι, τὰ

tre ceci. » L'historien dont je parlais tout à l'heure adopte pour les armes et pour les machines de guerre les mêmes noms que les Romains ; il dit, comme eux, un fossé, un pont, et autres mots de ce genre. Figure-toi jusqu'à quel point il est digne de l'histoire et convenable au style de Thucydide d'intercaler ainsi des mots italiens au milieu d'expressions attiques, comme si c'était une parure de pourpre propre à l'embellir, à lui prêter des grâces, et qui s'y ajuste sans peine.

XVI. Un autre écrit le récit tout nu des événements, sommaire prosaïque, rampant comme le journal d'un soldat, d'un ouvrier ou d'un vivandier à la suite de l'armée ; ce plat écrivain est cependant plus excusable qu'un autre : il se fait sur-le-champ connaître pour ce qu'il est ; il a travaillé pour un **autre** plus habile, qui sera assez fort pour entreprendre une histoire. La seule chose que je lui reproche, c'est d'avoir donné à son livre un titre pompeux comme une tragédie, et trop au-dessus de ce genre de composition : « Histoire parthique de Callimorphe, médecin de la sixième légion des Kontophores. » Chaque livre porte son nombre ; et il débute, ma foi, par une préface d'un ridicule achevé, où il conclut en ces termes : « Il est tout naturel qu'un médecin écrive l'histoire, puisque Esculape est fils d'Apollon, et qu'Apollon est le conducteur des Muses et le maître de toutes les sciences. » Il commence par écrire dans le dialecte ionien, et puis il se sert, je ne sais pourquoi, de la langue commune, il dit ἰητρείην (*médecine*), πείρην (*épreuve*), ὁκόσα (*tout ce qui*) νοῦσοι (*ma-*

δ' ἄλλα, ὅσα ὁμοδίαιτα τοῖς πολλοῖς, καὶ τα πλεῖστα, οἷα ἐκ τριόδου.

XVII. Εἰ δέ με δεῖ καὶ σοφοῦ ἀνδρὸς μνησθῆναι, τὸ μὲν ὄνομα ἐν ἀφανεῖ κείσθω, τὴν γνώμην δ' ἐρῶ, καὶ τὰ πρώην ἐν Κορίνθῳ συγγράμματα, κρείττω πάσης ἐλπίδος· ἐν ἀρχῇ μὲν γὰρ, εὐθὺς ἐν τῇ πρώτῃ τοῦ φροιμίου περιόδῳ, συνηρώτησε τοὺς ἀναγιγνώσκοντας, λόγον πάνσοφον δεῖξαι σπεύδων, ὡς μόνῳ ἂν τῷ σοφῷ πρέποι ἱστορίαν συγγράφειν. Εἶτα μετὰ μικρὸν ἄλλος συλλογισμὸς, εἶτα ἄλλος· καὶ ὅλως ἐν ἅπαντι σχήματι συνηρώτητο αὐτῷ τὸ προοίμιον. Τὸ τῆς κολακείας ἐς κόρον· καὶ τὰ ἐγκώμια φορτικὰ, καὶ κομιδῇ βωμολοχικὰ, οὐκ ἀσυλλόγιστα μέντοι, ἀλλὰ συνηρωτημένα καὶ συνηγμένα κἀκεῖνα. Καὶ μὴν κἀκεῖνο φορτικὸν ἔδοξέ μοι, καὶ ἥκιστα φιλοσόφῳ ἀνδρὶ καὶ πώγωνι πολιῷ καὶ βαθεῖ πρέπον, τὸ ἐν τῷ προοιμίῳ εἰπεῖν ὡς ἐξαίρετον τοῦτο ἕξει ὁ ἡμέτερος ἄρχων, οὗ γε τὰς πράξεις καὶ φιλόσοφοι ἤδη συγγράφειν ἀξιοῦσι. Τὸ γὰρ τοιοῦτον, εἴπερ ἄρα, ἡμῖν ἔδει καταλιπεῖν λογίζεσθαι, ἢ αὐτὸν εἰπεῖν.

XVIII. Καὶ μὴν οὐδ' ἐκείνου ὅσιον ἀμνημονεῦσαι, ὃς τοιάνδ' ἀρχὴν ἤρξατο· « Ἔρχομαι ἐρέων περὶ Ῥωμαίων καὶ Περσέων· » καὶ μικρὸν ὕστερον· « ἔδεε γὰρ Πέρσῃσι γενέσθαι κακῶς· » καὶ πάλιν· « ἦν Ὀσρόης, τὸν οἱ Ἕλληνες Ὀξυρόην ὀνυμέουσι· » καὶ ἄλλα πολλὰ τοιαῦτα. Ὁρᾷς, ὅμοιος οὗτος ἐκείνῳ, παρ' ὅσον ὁ μὲν Θουκυδίδῃ, οὗτος δὲ Ἡροδότῳ εὖ μάλα ἐῴκει.

ladies), et ailleurs il emploie les mots les plus populaires, les expressions les plus triviales.

XVII. J'ai maintenant à parler d'un certain philosophe, dont je tairai le nom, mais dont je ne puis passer sous silence le dessein et les écrits que j'ai entendu lire dernièrement à Corinthe : ils sont au-dessus de toute espérance. Dès le début, à la première phrase de son exorde, il jette une question à la tête de ses lecteurs, et s'efforce de leur prouver par un raisonnement vigoureux qu'il ne convient qu'au sage d'écrire l'histoire. Vient ensuite un autre syllogisme, puis un autre encore; et enfin tout son préambule est bâti d'arguments de même nature; le tout pour louer jusqu'à la bassesse; éloges outrés et sentant la dérision, du reste ayant tous la forme syllogistique, et rédigés en manière d'arguments qui se suivent et s'enchaînent. Mais le plus choquant et le plus indigne d'un philosophe qui porte au menton une large barbe grise, c'est d'aller dire dans la préface que notre empereur aura le privilége unique de voir les philosophes écrire son histoire. Si une pareille réflexion est juste, il valait mieux nous la laisser faire que de l'écrire.

XVIII. Je ne veux pas, non plus, oublier le début de cet autre, qui commence en ces mots : « Je viens vous parler des Romains et des Perses; » et un peu plus loin : « Il fallait bien qu'il arrivât malheur aux Perses ; » et puis enfin : « C'était Osroès, que les Grecs nomment Oxyroès; » et autres phrases analogues. Tu vois que celui-ci ressemble assez à l'un de ceux que nous avons cités : si ce n'est que l'un copie Thucydide, et que l'autre transcrit Hérodote.

XIX. Ἄλλος τις ἀοίδιμος ἐπὶ λόγων δυνάμει, Θουκυδίδῃ καὶ αὐτὸς ὅμοιος, ἢ ὀλίγῳ ἀμείνων αὐτοῦ, πάσας πόλεις καὶ πάντα ὄρη καὶ πεδία καὶ ποταμοὺς ἑρμηνεύσας πρὸς τὸ σαφέστατον καὶ ἰσχυρότατον, ὡς ᾤετο (τὸ δὲ ἐς ἐχθρῶν κεφαλὰς ὁ ἀλεξίκακος τρέψειε, τοσαύτη ψυχρότης ἐνῆν ὑπὲρ τὴν Κασπιακὴν χιόνα καὶ τὸν κρύσταλλον τὸν Κελτικὸν), ἡ γοῦν ἀσπὶς ἡ τοῦ αὐτοκράτορος ὅλῳ βιβλίῳ μόγις ἐξηρμηνεύθη αὐτῷ, καὶ Γοργὼν ἐπὶ τοῦ ὀμφαλοῦ, καὶ οἱ ὀφθαλμοὶ αὐτῆς ἐκ κυανοῦ καὶ λευκοῦ καὶ μέλανος, καὶ ζώνη ἰριοειδὴς, καὶ δράκοντες ἑλικηδὸν καὶ βοστρυχηδόν[1]. Ἡ μὲν γὰρ Οὐολογέσου ἀναξυρὶς ἢ ὁ χαλινὸς τοῦ ἵππου, Ἡράκλεις, ὅσαι μυριάδες ἐπῶν ἕκαστον τούτων, καὶ οἵα ἦν ἡ Ὀσρόου κόμη, διανέοντος τὸν Τίγρητα, καὶ ἐς οἷον ἄντρον κατέφυγε, κιττοῦ καὶ μυρρίνης καὶ δάφνης ἐς ταὐτὸ συμπεφυκότων, καὶ σύσκιον ἀκριβῶς ποιούντων αὐτό· σκόπει ὡς ἀναγκαῖα τῇ ἱστορίᾳ ταῦτα, καὶ ὡς οὐκ ἄνευ αὐτῶν ᾔδειμέν τι τῶν ἐκεῖ πραχθέντων.

XX. Ὑπὸ γὰρ ἀσθενείας τῆς ἐν τοῖς χρησίμοις ἢ ἀγνοίας τῶν λεκτέων ἐπὶ τὰς τοιαύτας τῶν χωρίων καὶ ἄντρων ἐκφράσεις τρέπονται· καὶ ὁπόταν ἐς πολλὰ καὶ μεγάλα πράγματα ἐμπέσωσιν, ἐοίκασιν οἰκέτῃ νεοπλούτῳ, ἄρτι τοῦ δεσπότου κληρονομήσαντι, ὃς οὔτε τὴν ἐσθῆτα οἶδεν ὡς χρὴ περιβάλλεσθαι, οὔτε δειπνῆσαι κατὰ νόμον, ἀλλ' ἐμπηδήσας, πολλάκις ὀρνίθων καὶ συείων καὶ λαγωῶν προκειμένων, ὑπερεμπίπλαται ἔτνους τινὸς ἢ τα-

XIX. Un autre, qui se distingue par la beauté d'un style comparable à celui de Thucydide, si même il ne le surpasse, après avoir décrit avec beaucoup de clarté et de vivacité, à ce qu'il croit, toutes les villes, toutes les montagnes, les plaines et les fleuves (qu'un dieu vengeur fasse retomber tout cela sur la tête de nos ennemis, tant la froideur en dépasse celle de la neige caspienne ou de la glace celtique!), a besoin de tout un livre pour décrire le bouclier de l'empereur, « au centre duquel on voit une Gorgone, dont les yeux sont peints de bleu, de blanc et de noir, son baudrier a les couleurs de l'arc-en-ciel; ses dragons s'enroulent et se crispent comme des cheveux bouclés. » Et le haut-de-chausse de Vologèse, et le frein de son cheval, par Hercule! quels milliers de mots il lui faut pour les décrire! Et la chevelure d'Osroès, passant le Tigre à la nage, et l'antre dans lequel il s'est enfui, avec les lierres, les myrtes, les lauriers s'enlaçant par une étreinte naturelle, et formant un ravissant berceau! Comme tout cela va bien à l'histoire, et comme, sans ces ornements, nous ne comprendrions rien à la suite des faits!

XX. C'est par faiblesse d'esprit, ou par ignorance de ce qu'il importe de dire, que ces historiens ont recours à des descriptions d'antres et de pays. Et lorsqu'ils ont à raconter des faits considérables, ils ressemblent à un esclave nouvellement enrichi par la succession de son maître : il ne sait ni porter une robe ni se conduire convenablement dans un festin; tandis qu'on sert des poulardes, des ventres de truies et des lièvres, il se jette sur une purée de légumes ou

ρίχου, ἔστ᾽ ἂν διαρραγῇ ἐσθίων. Οὗτος δ᾽ οὖν, ὃν
προεῖπον, καὶ τραύματα συνέγραψε πάνυ ἀπίθανα καὶ
θανάτους ἀλλοκότους· ὡς εἰς δάκτυλον τοῦ ποδὸς τὸν
μέγαν τρωθείς τις αὐτίκα ἐτελεύτησε, καὶ ὡς, ἐμ-
βοήσαντος μόνον, Πρίσκου[1] τοῦ στρατηγοῦ, ἑπτὰ καὶ
εἴκοσι τῶν πολεμίων ἐξέθανον. Ἔτι δὲ καὶ ἐν τῷ τῶν
νεκρῶν ἀριθμῷ, τοῦτο μὲν καὶ παρὰ τὰ γεγραμμένα
ἐν ταῖς τῶν ἀρχόντων ἐπιστολαῖς ἐψεύσατο· ἐπὶ γὰρ
Εὐρώπῳ[2] τῶν μὲν πολεμίων ἀποθανεῖν μυριάδας ἑπτὰ
καὶ τριάκοντα καὶ ἓξ πρὸς διακοσίοις, Ῥωμαίων
δὲ μόνους δύο, καὶ τραυματίας γενέσθαι ἐννέα.
Ταῦτα οὐκ οἶδα εἴ τις ἂν εὖ φρονῶν ἀνάσχοιτο.

XXI. Καὶ μὴν κἀκεῖνο λεκτέον, οὐ μικρὸν ὄν. Ὑπὸ
γὰρ τοῦ κομιδῇ Ἀττικὸς εἶναι καὶ ἀποκεκαθάρθαι
τὴν φωνὴν ἐς τὸ ἀκριβέστατον, ἠξίωσεν οὕτω καὶ
τὰ ὀνόματα ποιῆσαι τῶν Ῥωμαίων καὶ μεταγράψαι
ἐς τὸ Ἑλληνικόν, ὡς Κρόνιον μὲν Σατουρνῖνον λέγειν, Φρόντιν δὲ τὸν Φρόντωνα, Τιτάνιον δὲ τὸν
Τιτιανόν, καὶ τἄλλα πολλῷ γελοιότερα. Ἔτι ὁ
αὐτὸς οὗτος περὶ τῆς Σεβηριανοῦ τελευτῆς ἔγραψεν
ὡς οἱ μὲν ἄλλοι πάντες ἐξηπάτηνται, οἰόμενοι
ξίφει τεθνάναι αὐτόν, ἀποθάνοι δὲ ἀνὴρ σιτίων ἀπο-
σχόμενος· τοῦτον γὰρ αὐτῷ ἀλυπότατον δόξαι τὸν
θάνατον· οὐκ εἰδὼς ὅτι τὸ μὲν πάθος ἐκεῖνο πᾶν
τριῶν, οἶμαι, ἡμερῶν ἐγένετο· ἀπόσιτοι δὲ καὶ ἐς
ἑβδόμην διαρκοῦσιν οἱ πολλοί· ἐκτὸς εἰ μὴ τοῦθ᾽
ὑπολάβοι τις, ὡς Ὀσρόης εἱστήκει περιμένων ἔστ᾽
ἂν Σεβηριανὸς λιμῷ ἀπόληται, καὶ διὰ τοῦτο οὐκ
ἐπήγαγε διὰ τῆς ἑβδόμης.

sur des viandes salées, dont il se gorge jusqu'à étouffer. Notre historien invente aussi des blessures impossibles et des morts étranges : un soldat blessé à l'orteil meurt sur-le-champ ; au seul cri du général Priscus, vingt-sept ennemis expirent. Mais c'est surtout dans l'énumération des morts que ses mensonges contredisent les rapports mêmes des généraux. Il dit qu'auprès d'Europus, il périt soixante-dix mille deux cent trente-six ennemis, tandis qu'il n'y a eu du côté des Romains que deux morts et neuf blessés. Le moyen d'en rien croire, à moins d'être fou ?

XXI. Voici encore qui n'est point à dédaigner. Son goût excessif pour l'atticisme et son affectation de parler le plus pur langage lui font souvent changer les noms romains pour les écrire en grec : il écrit Κρόνιον (fils de Saturne) au lieu de Saturninus, Φρόντον au lieu de Fronton, Τιτάνιον au lieu de Titianus, et autres transformations plus risibles encore. C'est encore lui qui, à propos de la mort de Sévérianus, écrit : « Tous ceux-là se sont trompés, qui croient que Sévérianus a péri d'un coup d'épée ; il s'est laissé mourir de faim, genre de mort qui lui a paru moins douloureux. » Il ignorait sans doute que Sévérianus n'avait enduré la faim que pendant trois jours, et qu'on a vu plusieurs personnes supporter sept jours entiers d'abstinence, à moins qu'on ne pense qu'Osroès est resté à attendre que Sévérianus mourût de faim, et que celui-ci, par conséquent, n'a pas vécu au delà de sept jours.

XXII. Τοὺς δὲ καὶ ποιητικοῖς ὀνόμασιν, ὦ καλὲ Φίλων, ἐν ἱστορίᾳ χρωμένους ποῦ ἄν τις θείη, τοὺς λέγοντας· « ἐλέλιξε μὲν ἡ μηχανὴ, τὸ τεῖχος δὲ πεσὸν μεγάλως ἐδούπησε; » Καὶ πάλιν ἐν ἑτέρῳ μέρει τῆς καλῆς ἱστορίας· « Ἔδεσσα μὲν δὴ οὕτω τοῖς ὅπλοις περιεσμαραγεῖτο, καὶ ὄτοβος ἦν καὶ κόναβος ἅπαντα ἐκεῖνα, καὶ ὁ στρατηγὸς ἐμερμήριζεν ᾧ τρόπῳ μάλιστα προσαγάγοι πρὸς τὸ τεῖχος·» εἶτα μεταξὺ οὕτως εὐτελῆ ὀνόματα καὶ δημοτικὰ καὶ πτωχικὰ πολλὰ παρενεβέβυστο, τὸ « ἐπέστειλεν ὁ στρατοπεδάρχης τῷ κυρίῳ, » καὶ « οἱ στρατιῶται ἠγόραζον τὰ ἐγχρῄζοντα, » καὶ « ἤδη λελουμένοι περὶ αὐτοὺς ἐγίγνοντο, » καὶ τὰ τοιαῦτα· ὥστε τὸ πρᾶγμα ἐοικὸς εἶναι τραγῳδῷ τὸν ἕτερον μὲν πόδα ἐπ' ἐμβάτου ὑψηλοῦ ἐπιβεβηκότι, θατέρῳ δὲ σάνδαλον ὑποδεδεμένῳ.

XXIII. Καὶ μὴν καὶ ἄλλους ἴδοις ἂν, τὰ μὲν προοίμια λαμπρὰ καὶ τραγικὰ καὶ ἐς ὑπερβολὴν μακρὰ συγγράφοντας, ὡς ἐλπίσαι θαυμαστὰ ἡλίκα τὰ μετὰ ταῦτα πάντως ἀκούσεσθαι, τὸ σῶμα δὲ αὐτὸ τῆς ἱστορίας μικρόν τι καὶ ἀγεννὲς ἐπαγαγόντας, ὡς καὶ τοῦτο ἐοικέναι παιδίῳ, εἴ που Ἔρωτα εἶδες παίζοντα, προσωπεῖον Ἡρακλέους πάμμεγα ἢ Τιτᾶνος περικείμενον. Εὐθὺς γοῦν οἱ ἀκούσαντες ἐπιφθέγγονται αὐτοῖς τὸ « Ὤδινεν ὄρος. » Χρὴ δὲ, οἶμαι, μὴ οὕτως, ἀλλ' ὅμοια τὰ πάντα καὶ ὁμόχροα εἶναι, καὶ συνᾷδον τῇ κεφαλῇ τὸ ἄλλο σῶμα, ὡς μὴ χρυσοῦν μὲν τὸ κράνος εἴη, θώραξ δὲ πάνυ γελοῖος, ἐκ ῥακῶν ποθὲν ἢ ἐκ δερμάτων σαπρῶν

XXII. Où puis-je mieux parler qu'en cet endroit, mon cher Philon, des historiens qui usent
d'expressions poétiques, qui disent : *La machine a
retenti en roulant : le mur, en s'écroulant, a fait un
horrible fracas.* Et dans la seconde partie de cette
sublime histoire : *Édessa résonne au loin du bruit des
armes ; tous les lieux n'étaient que bruit et que tu-
multe.* Et ce qui suit : *Le chef roule en son âme les
moyens de s'approcher des murs.* Au milieu de tout
cela s'introduisent des expressions basses et triviales,
empruntées à la langue des mendiants. Exemples :
*Le maître des troupes a détaché une lettre au monar-
que. Les soldats achetaient les affaires qu'il leur fallait. Après s'être lavés ils venaient autour d'eux,* et
le reste. C'est un auteur tragique qui a un pied
chaussé d'un cothurne, et l'autre d'une sandale.

XXIII. On en voit d'autres, qui composent des
prologues brillants, tragiques, et dont l'excessive
longueur fait espérer que ce qui va suivre sera admirable et digne d'être écouté ; mais le corps même de
leur histoire est si chétif, si mesquin qu'il semble
voir un enfant, comme Cupidon qui se joue, se cou-
vrir la tête du masque d'Hercule ou de celui d'un
Titan. Les auditeurs s'écrient aussitôt : *La montagne
accouche.* Rien, selon moi, ne doit être ainsi ; mais il
faut que toutes les parties se ressemblent, qu'elles
aient, pour ainsi dire, la même couleur, que le corps
y soit proportionné à la tête, de manière qu'il n'y
ait pas un casque d'or avec une cuirasse ridiculement
faite de haillons ou de cuirs pourris cousus ensem-

συγκεκαττυμένος, καὶ ἡ ἀσπὶς οἰσυΐνη καὶ χοιρίνη περὶ ταῖς κνήμαις. Ἴδοις γὰρ ἂν ἀφθόνους τοιούτους συγγραφέας, τοῦ Ῥοδίων Κολοσσοῦ τὴν κεφαλὴν νανώδει σώματι ἐπιτιθέντας· ἄλλους αὖ ἔμπαλιν ἀκέφαλα τὰ σώματα εἰσάγοντας, ἀπροοιμίαστα καὶ εὐθὺς ἐπὶ τῶν πραγμάτων· οἳ καὶ προσεταιρίζονται τὸν Ξενοφῶντα οὕτως ἀρξάμενον· « Δαρείου καὶ Παρυσάτιδος παῖδες γίγνονται δύο' », καὶ ἄλλους τῶν παλαιῶν, οὐκ εἰδότες ὡς δυνάμει τινὰ προοίμιά ἐστι, λεληθότα τοὺς πολλοὺς, ὡς ἐν ἄλλοις δείξομεν.

XXIV. Καίτοι ταῦτα πάντα φορητά ἐστιν, ὅσα ἢ ἑρμηνείας ἢ τῆς ἄλλης διατάξεως ἁμαρτήματά ἐστι· τὸ δὲ καὶ περὶ τοὺς τόπους αὐτοὺς ψεύδεσθαι οὐ παρασάγγας μόνον, ἀλλὰ καὶ σταθμοὺς ὅλους, τίνι τῶν καλῶν ἔοικεν; Εἷς γοῦν οὕτω ῥαθύμως συνήγαγε τὰ πράγματα, οὔτε Σύρῳ τινὶ ἐντυχὼν, οὔτε τὸ λεγόμενον δὴ τοῦτο τῶν ἐπὶ κουρείων τὰ τοιαῦτα μυθολογούντων ἀκούσας, ὥστε περὶ Εὐρώπου λέγων οὕτως ἔφη· « Ἡ δὲ Εὔρωπος κεῖται μὲν ἐν τῇ Μεσοποταμίᾳ, σταθμοὺς δύο τοῦ Εὐφράτου ἀπέχουσα, ἀπῴκισαν δ' αὐτὴν Ἐδεσσαῖοι· » καὶ οὐδὲ τοῦτο ἀπέχρησεν αὐτῷ, ἀλλὰ καὶ τὴν ἐμὴν πατρίδα, τὰ Σαμόσατα, αὐτὸς ἐν τῷ αὐτῷ βιβλίῳ ἀράμενος ὁ γενναῖος, αὐτῇ ἀκροπόλει καὶ τείχεσι, μετέθηκεν ἐς τὴν Μεσοποταμίαν, ὡς περιωρίσθαι αὐτὴν ὑπ' ἀμφοτέρων τῶν ποταμῶν, ἑκατέρωθεν ἐν χρῷ καταμειβομένων καὶ μονονουχὶ τοῦ τείχους ψαυόντων. Τὸ δὲ καὶ γελοῖον, εἴ σοι νῦν, ὦ Φίλων,

ble, un bouclier d'osier et des cuissards en peau de truie. On voit, en effet, une foule d'historiens qui posent aujourd'hui la tête du colosse de Rhodes sur le corps d'un nain. D'autres, au contraire, produisant des corps sans tête, se jettent, sans préambule, au milieu des faits. Ils croient, par là, imiter Xénophon qui commence ainsi : *Darius et Parysatis avaient deux fils;* ou bien d'autres auteurs anciens. Ils ignorent qu'il y a certains prologues imperceptibles, qui n'en sont pas moins des prologues, comme nous le dirons plus loin.

XXIV. Cependant tous ces défauts, qui pèchent contre l'expression ou contre l'ordonnance, sont encore supportables. Mais mentir sur la situation des lieux, et non-seulement surfaire de quelques parasanges, mais de plusieurs étapes, à quoi cela ressemble-t-il ? L'un de ces faiseurs d'histoire a composé la sienne avec tant de négligence, que, sans avoir jamais causé avec un Syrien, sans même avoir entendu parler de la Syrie dans la boutique des barbiers, comme dit le proverbe, il écrit à propos d'Europus. *Europus est située en Mésopotamie, à deux journées de l'Euphrate : elle a été fondée par les Édesséens.* Et cela ne lui suffit pas : ce brave raconteur, dans le même ouvrage, enlève de sa place Samosate, ma patrie, avec la citadelle et les fortifications, et transporte le tout en Mésopotamie, pour l'enfermer entre les deux fleuves qui coulent de chaque côté de son enceinte, et viennent presque baigner ses murs. Ne serait-il pas plaisant, mon

ἀπολογοίμην ὡς οὐ Παρθυαῖος οὐδὲ Μεσοποταμίτης σοι ἐγὼ, οἷς με φέρων ὁ θαυμαστὸς συγγραφεὺς ἀπώκισε.

XXV. Νὴ Δία κἀκεῖνο κομιδῇ πιθανὸν περὶ τοῦ Σεβηριανοῦ ὁ αὐτὸς οὗτος εἶπεν, ἐπομοσάμενος ἦ μὴν ἀκοῦσαί τινος τῶν ἐξ αὐτοῦ τοῦ ἔργου διαφυγόντων! Οὔτε γὰρ ξίφει ἐθελῆσαι αὐτὸν ἀποθανεῖν, οὔτε φαρμάκου πιεῖν, οὔτε βρόχου ἅψασθαι, ἀλλά τινα θάνατον ἐπινοῆσαι τραγικὸν, καὶ τῇ τόλμῃ ξενίζοντα· τυχεῖν μὲν γὰρ αὐτὸν ἔχοντα παμμεγέθη ἐκπώματα ὑαλᾶ, τῆς καλλίστης ὑάλου· ἐπεὶ δὲ πάντως ἀποθανεῖν ἔγνωστο, κατάξαντα τὸν μέγιστον τῶν σκύφων, ἑνὶ τῶν θραυσμάτων χρήσασθαι εἰς τὴν σφαγὴν, ἐντεμόντα τῇ ὑάλῳ τὸν λαιμόν. Οὕτως οὐ ξιφίδιον, οὐ λογχάριον εὗρεν, ὡς ἀνδρεῖός γε αὐτῷ καὶ ἡρωϊκὸς ὁ θάνατος γένοιτο.

XXVI. Εἶτα, ἐπειδὴ Θουκυδίδης ἐπιτάφιόν τινα εἶπε τοῖς πρώτοις τοῦ πολέμου ἐκείνου νεκροῖς[1], καὶ αὐτὸς ἡγήσατο χρῆναι ἐπειπεῖν τῷ Σεβηριανῷ. Ἅπασι γὰρ αὐτοῖς πρὸς τὸν οὐδὲν αἴτιον τῶν ἐν Ἀρμενίᾳ κακῶν, τὸν Θουκυδίδην, ἡ ἅμιλλα. Θάψας οὖν τὸν Σεβηριανὸν μεγαλοπρεπῶς, ἀναβιβάζεται ἐπὶ τὸν τάφον Ἀφράνιόν τινα Σίλωνα ἑκατόνταρχον, ἀνταγωνιστὴν Περικλέους, ὃς τοιαῦτα καὶ τοσαῦτα ἐπερρητόρευσεν αὐτῷ ὥστε με, νὴ τὰς Χάριτας, πολλὰ πάνυ δακρύσαι ὑπὸ τοῦ γέλωτος, καὶ μάλιστα ὁπότε ὁ ῥήτωρ ὁ Ἀφράνιος, ἐπὶ τέλει τοῦ λόγου δακρύων ἅμα σὺν οἰμωγῇ περιπαθεῖ, ἐμέμνητο τῶν πολυτελῶν ἐκείνων δείπνων καὶ προπόσεων, εἶτα ἐπέθηκεν

cher Philon, que je vinsse aujourd'hui me défendre auprès de toi d'être Parthe ou Mésopotamien, peuples chez lesquels cet admirable écrivain m'a transféré en colonie?

XXV. Par Jupiter! on ne peut plus douter de ce que dit ce même auteur au sujet de Sévérianus, puisqu'il affirme avec serment le tenir de la bouche d'un de ceux qui s'enfuirent du combat. Sévérianus ne s'est point donné un coup d'épée, il n'a point avalé de poison, il ne s'est pas pendu, il a inventé un genre de mort beaucoup plus tragique et d'une audace saisissante. Il avait de magnifiques coupes de cristal : résolu de mourir, il a brisé le plus grand de ces vases, et s'est tué avec l'un des éclats, dont il s'est coupé la gorge. Ainsi ce guerrier n'a trouvé ni poignard, ni javelot pour se donner une mort noble et héroïque.

XXVI. Ensuite, comme Thucydide a prononcé une sorte d'oraison funèbre pour ceux qui étaient morts la première année de la guerre du Péloponèse, notre auteur s'est imaginé qu'il fallait aussi faire celle de Sévérianus. Tous ces historiens, en effet, entrent en lice avec Thucydide, qui ne peut mais des événements arrivés en Arménie. Le voilà donc faisant à Sévérianus de belles funérailles; puis un centurion, nommé Aphranius Silo, monte sur la tombe, et ce rival de Périclès déclame tant et de si belles choses, que je ne puis m'empêcher, au nom des Grâces, de fondre en larmes à force de rire; surtout lorsque l'orateur Aphranius, joignant, vers la fin de son discours, les pleurs aux sanglots, rappelle d'un ton pathétique et les fameux soupers, et les réunions où l'on buvait si bien. Il couronne ensuite sa harangue

Αἰάντειόν τινα τὴν κορωνίδα[1]· σπασάμενος γὰρ τὸ ξίφος εὐγενῶς πάνυ, καὶ ὡς Ἀφράνιον εἰκὸς ἦν, πάντων ὁρώντων, ἀπέσφαξεν ἑαυτὸν ἐπὶ τῷ τάφῳ, οὐκ ἀνάξιος ὢν, μὰ τὸν Ἐνυάλιον, πρὸ πολλοῦ ἀποθανεῖν, εἰ τοιαῦτα ἐρρητόρευε· καὶ τοῦτο ἔφη ἰδόντας τοὺς παρόντας ἅπαντας θαυμάσαι καὶ ὑπερεπαινέσαι τὸν Ἀφράνιον. Ἐγὼ δὲ καὶ τἄλλα μὲν αὐτοῦ κατεγίγνωσκον, μονονουχὶ ζωμῶν καὶ λοπάδων μεμνημένου, καὶ ἐπιδακρύοντος τῇ τῶν πλακούντων μνήμῃ· τοῦτο δὲ μάλιστα ᾐτιασάμην, ὅτι μὴ τὸν συγγραφέα καὶ διδάσκαλον τοῦ δράματος προαποσφάξας ἀπέθανε.

XXVII. Πολλοὺς δὲ καὶ ἄλλους ὁμοίους τούτοις ἔχων σοι, ὦ ἑταῖρε, καταριθμήσασθαι, ὀλίγων ὅμως ἐπιμνησθεὶς, ἐπὶ τὴν ἑτέραν ὑπόσχεσιν ἤδη μετελεύσομαι, τὴν συμβουλὴν ὅπως ἂν ἄμεινον συγγράφοι τις. Εἰσὶ γάρ τινες οἳ τὰ μεγάλα μὲν τῶν πεπραγμένων καὶ ἀξιομνημόνευτα παραλείπουσιν ἢ παραθέουσιν, ὑπὸ δὲ ἰδιωτείας καὶ ἀπειροκαλίας καὶ ἀγνοίας τῶν λεκτέων ἢ σιωπητέων, τὰ μικρότατα πάνυ λιπαρῶς καὶ φιλοπόνως ἑρμηνεύουσιν ἐμβραδύνοντες. Ὥσπερ ἂν εἴ τις τοῦ Διὸς τοῦ ἐν Ὀλυμπίᾳ τὸ μὲν ὅλον κάλλος, τοσοῦτον καὶ τοιοῦτον ὂν, μὴ βλέποι μηδ' ἐπαινοίη, μηδὲ τοῖς οὐκ εἰδόσιν ἐξηγοῖτο, τοῦ ὑποποδίου δὲ τό τε εὐθυεργὲς καὶ τὸ εὔξεστον θαυμάζοι, καὶ τῆς κρηπῖδος τὸ εὔρυθμον, καὶ ταῦτα πάνυ μετὰ πολλῆς φροντίδος διεξιών.

XXVIII. Ἔγωγ' οὖν ἤκουσά τινος τὴν μὲν ἐπ' Εὐρώπῳ μάχην ἐν οὐδ' ὅλοις ἑπτὰ ἔπεσι παραδρα

par un trépas digne d'Ajax. Il tire bravement son épée, comme on devait l'attendre d'un Aphranius, et se tue sur le tombeau à la vue de tout le monde; il méritait bien, j'en jure par le dieu Mars, de mourir plus tôt, pour avoir fait un si beau discours! « Alors, dit l'historien, tous les assistants furent saisis d'admiration et exaltèrent la conduite d'Aphranius. » Pour moi, je ne pus lui pardonner d'avoir parlé presque tout le temps de plats et de ragoûts, et de s'être lamenté au souvenir des gâteaux. Mais je lui reprochai surtout de n'avoir pas étranglé, avant de mourir, l'historien, auteur de cette farce.

XXVII. Je pourrais encore, mon cher ami, te faire l'énumération d'un grand nombre d'historiens de la même espèce; mais je n'en cite plus que quelques-uns, et je passe ensuite au second objet de mon traité, je veux dire les préceptes suivant lesquels on peut écrire l'histoire avec succès. Il y en a qui omettent ou ne font qu'effleurer les faits importants et dignes de mémoire, et qui, par ignorance, faute de goût, ou pour ne pas savoir ce qu'il faut dire et ce qu'il faut taire, insistent sur des minuties, les racontent avec la plus grande exactitude, et s'y appesantissent longuement. On dirait un homme qui, ne remarquant rien de la beauté si frappante du Jupiter olympien, ne sait ni la louer, ni la faire comprendre à ceux qui ne l'ont point vue, tandis qu'il admire la forme régulière et le beau poli du piédestal, la juste proportion de la base, et qu'il emploie tous ses soins à les décrire.

XXVIII. J'en ai donc entendu un qui racontait lestement, en moins de sept lignes, la bataille qui se

μόντος, εἴκοσι δὲ μέτρα ἢ ἔτι πλείω ὕδατος[1] ἀνα-
λωκότος ἐς ψυχρὰν καὶ οὐδὲν ἡμῖν προσήκουσαν
διήγησιν· ὡς Μαῦρός τις ἱππεὺς, Μαυσάκας τοῦ-
νομα, ὑπὸ δίψους πλανώμενος ἀνὰ τὰ ὄρη, καταλά-
6οι Σύρους τινὰς τῶν ἀγροίκων, ἄριστον παρατι-
θεμένους, καὶ ὅτι τὰ μὲν πρῶτα ἐκεῖνοι φοβηθεῖεν
αὐτὸν, εἶτα μέντοι, μαθόντες ὡς τῶν φίλων εἴη,
κατεδέξαντο καὶ εἱστιάσαντο· καὶ γάρ τινα τυχεῖν
αὐτῶν ἀποδεδημηκότα καὶ αὐτὸν ἐς τὴν Μαύρων,
ἀδελφοῦ αὐτῷ ἐν τῇ γῇ στρατευομένου. Μῦθοι τὸ
μετὰ τοῦτο μακροὶ καὶ διηγήσεις, ὡς θηράσειεν
αὐτὸς ἐν τῇ Μαυρουσίᾳ, καὶ ὡς ἴδοι τοὺς ἐλέφαντας πολλοὺς ἐν τῷ αὐτῷ συννεμομένους, καὶ ὡς
ὑπὸ λέοντος ὀλίγου δεῖν καταβρωθείη, καὶ ἡλίκους
ἰχθῦς ἐπρίατο ἐν Καισαρείᾳ· καὶ ὁ θαυμαστὸς συγγραφεὺς, ἀφεὶς τὰς ἐν Εὐρώπῳ γιγνομένας σφαγὰς
τοσαύτας, καὶ ἐπελάσεις, καὶ σπονδὰς ἀναγκαίας,
καὶ φύλακας καὶ ἀντιφύλακας, ἄχρι βαθείας ἑσπέρας
ἐφειστήκει ὁρῶν Μαλχίωνα τὸν Σύρον ἐν Καισαρείᾳ
σκάρους παμμεγέθεις ἀξίους ὠνούμενον[2]. Εἰ δὲ μὴ
νὺξ κατέλαβε, τάχα καὶ συνεδείπνει μετ' αὐτοῦ,
ἤδη τῶν σκάρων ἐσκευασμένων. Ἅπερ εἰ μὴ ἐνεγέ-
γραπτο ἐπιμελῶς τῇ ἱστορίᾳ, μεγάλα ἂν ἡμεῖς
ἠγνοηκότες ἦμεν, καὶ ἡ ζημία Ῥωμαίοις ἀφόρητος,
εἰ Μαυσάκας ὁ Μαῦρος διψῶν μὴ εὗρε πιεῖν, ἀλλ'
ἄδειπνος ἐπανῆλθεν ἐπὶ τὸ στρατόπεδον. Καίτοι
πόσα ἄλλα μακρῷ ἀναγκαιότερα ἑκὼν ἐγὼ νῦν παρ-
ίημι, ὡς καὶ αὐλητρὶς ἧκεν ἐκ τῆς πλησίον κώμης
αὐτοῖς, καὶ ὡς δῶρα ἀλλήλοις ἀντέδοσαν, ὁ Μαυ-

donna près d'Europus, et qui dépensait ensuite plus de vingt mesures d'eau à faire une digression froide et déplacée sur l'aventure d'un cavalier maure, nommé Mausacas. Pressé par la soif, égaré dans les montagnes, ce cavalier rencontre quelques paysans syriens qui se préparaient à prendre leur repas. D'abord, ils ont peur de lui; mais, bientôt après, reconnaissant qu'il est de leurs amis, ils lui donnent l'hospitalité et lui offrent à dîner. Ils lui disent qu'un de leurs camarades a voyagé dans le pays des Maures, où son frère était soldat. De là d'interminables discours, des narrations sans fin; comme quoi il a chassé dans la Mauritanie, où il a vu paître, dans le même endroit, de nombreux troupeaux d'éléphants; comment il a failli être dévoré par un lion, et quels superbes poissons il a achetés à Césarée. Cet admirable historien, sans s'inquiéter des massacres qui ont eu lieu auprès d'Europus, des rencontres, des armistices forcés, des gardes et des contre-gardes, s'absente jusqu'au soir, pour aller voir à Césarée le Syrien Malchion achetant à bon marché des scares magnifiques; et, si la nuit ne l'eût surpris, il y serait sans doute demeuré à souper avec lui, les scares étant déjà préparés. Il faut avouer que, si l'auteur ne se fût donné la peine d'insérer ces détails dans son histoire, nous aurions ignoré des faits aussi importants, et c'eût été un grand dommage pour les Romains que le Maure Mausacas, pressé de la soif, n'eût pas trouvé de quoi boire, et fût revenu au camp sans dîner. Combien de choses beaucoup plus nécessaires encore je passe exprès sous silence! comme quoi une joueuse de flûte vint les trouver du village voisin; comment ils se firent des présents réciproques, le

ρος μὲν τῷ Μαλχίωνι λόγχην, ὁ δὲ τῷ Μαυσάκᾳ πόρπην, καὶ ἄλλα πολλὰ τοιαῦτα, τῆς ἐπ᾽ Εὐρώπῳ μάχης αὐτὰ δὴ τὰ κεφάλαια. Τοιγάρτοι εἰκότως ἄν τις εἴποι τοὺς τοιούτους τὸ μὲν ῥόδον αὐτὸ μὴ βλέπειν, τὰς ἀκάνθας δὲ αὐτοῦ τὰς παρὰ τὴν ῥίζαν ἀκριβῶς ἐπισκοπεῖν.

XXIX. Ἄλλος, ὦ Φίλων, μάλα καὶ οὗτος γελοῖος, οὐδὲ τὸν ἕτερον πόδα ἐκ Κορίνθου πώποτε προβεβηκὼς, οὐδ᾽ ἄχρι Κεγχρεῶν [1] ἀποδημήσας, οὔτε γε Συρίαν ἢ Ἀρμενίαν ἰδὼν, ὧδε ἤρξατο, μέμνημαι γάρ· «Ὦτα ὀφθαλμῶν ἀπιστότερα. Γράφω τοίνυν ἃ εἶδον, οὐχ ἃ ἤκουσα.» Καὶ οὕτως ἀκριβῶς ἅπαντα ἑωράκει ὥστε τοὺς δράκοντας ἔφη τῶν Παρθυαίων (σημεῖον δὲ πλήθους τοῦτο᾽ αὐτοῖς· χιλίους γὰρ, οἶμαι, ὁ δράκων ἄγει) ζῶντας δράκοντας παμμεγέθεις εἶναι γεννωμένους ἐν τῇ Περσίδι, μικρὸν ὑπὲρ τὴν Ἰβηρίαν, τούτους δὲ, τέως μὲν ἐπὶ κοντῶν μεγάλων ἐκδεδεμένους, ὑψηλοὺς αἰωρεῖσθαι, καὶ πόρρωθεν, ἐπελαυνόντων, δέος ἐμποιεῖν· ἐν αὐτῷ δὲ τῷ ἔργῳ, ἐπειδὰν ὁμοῦ ἴωσι, λύσαντες αὐτοὺς, ἐπαφιᾶσι τοῖς πολεμίοις· ἀμέλει πολλοὺς τῶν ἡμετέρων οὕτω καταποθῆναι, καὶ ἄλλους, περισπειραθέντων αὐτοῖς, ἀποπνιγῆναι καὶ συγκλασθῆναι· ταῦτα δὲ ἐφεστὼς ὁρᾶν αὐτὸς, ἐν ἀσφαλεῖ μέντοι ἀπὸ δένδρου ὑψηλοῦ ποιούμενος τὴν σκοπήν. Καὶ εὖ γε ἐποίησε μὴ ὁμόσε χωρήσας τοῖς θηρίοις, ἐπεὶ οὐκ ἂν ἡμεῖς θαυμαστὸν οὕτω συγγραφέα νῦν εἴχομεν, καὶ ἀπὸ χειρὸς αὐτὸν μεγάλα καὶ λαμπρὰ ἐν τῷ πολέμῳ τούτῳ ἐργασάμε-

Maure ayant donné sa lance à Malchion, et Malchion une agrafe à Mausacas. Il y a encore bien des détails du même genre sur la bataille d'Europus, mais ce sont là les plus saillants. En vérité, l'on pourrait dire de ces historiens qu'ils ne voient pas la rose, mais qu'ils considèrent attentivement les épines placées près de la queue.

XXIX. Un autre historien, mon cher Philon, personnage tout aussi ridicule, n'ayant jamais mis le pied hors de Corinthe et n'ayant pas été jusqu'à Cenchrées, loin d'avoir vu la Syrie et l'Arménie, commence de la sorte, si j'ai bonne mémoire : « Les yeux sont de plus sûrs témoins que les oreilles ; j'écris donc ce que j'ai vu, et non point ce que j'ai entendu dire. » Et il a si bien vu ce qu'il raconte, qu'à l'occasion des dragons des Parthes, étendards qui, chez eux, guident les corps de troupes, chaque dragon, je crois, servant de guide à mille hommes, il dit que ces dragons sont des serpents vivants d'une grosseur monstrueuse, qui naissent en Perse, un peu au-dessus de l'Ibérie. Quand on se met en marche, on les tient attachés à de grandes piques et élevés en l'air, afin d'effrayer de loin les ennemis ; mais dans la mêlée même, quand on s'aborde, on les détache et on les lance sur eux. C'est ainsi que beaucoup de Romains ont été dévorés, d'autres étouffés, broyés sous les nœuds de ces dragons. Il a vu tout cela de près, quoique en sûreté, du haut d'un arbre où il s'était placé en observation. Il a bien fait de ne pas attaquer de front de pareilles bêtes ; nous serions privés aujourd'hui d'un historien si admirable, qui lui-même a fait durant cette guerre plusieurs exploits brillants et héroïques. Il a, en effet,

νον· καὶ γὰρ ἐκινδύνευσε πολλὰ, καὶ ἐτρώθη περὶ Σούραν[1], ἀπὸ τοῦ Κρανείου δηλονότι βαδίζων ἐπὶ τὴν Λέρναν[2]. Καὶ ταῦτα Κορινθίων ἀκουόντων ἀνεγίνωσκε τῶν ἀκριβῶς εἰδότων ὅτι μηδὲ κατὰ τοίχου γεγραμμένον πόλεμον ἑωράκει. Ἀλλ' οὐδὲ ὅπλα ἐκεῖνός γε ᾔδει οὐδὲ μηχανήματα οἷά ἐστιν, οὐδὲ τάξεων ἢ καταλοχισμῶν ὀνόματα. Πάνυ γοῦν ἔμελεν αὐτῷ πλαγίαν μὲν τὴν ὀρθίαν φάλαγγα, ἐπὶ κέρως δὲ λέγειν τὸ ἐπὶ μετώπου ἄγειν.

XXX. Εἷς δέ τις βέλτιστος ἅπαντα ἐξ ἀρχῆς ἐς τέλος τὰ πεπραγμένα, ὅσα ἐν Ἀρμενίᾳ, ὅσα ἐν Συρίᾳ, ὅσα ἐν Μεσοποταμίᾳ, τὰ ἐπὶ τῷ Τίγρητι, τὰ ἐν Μηδίᾳ, πεντακοσίοις οὐδ' ὅλοις ἔπεσι περιλαβὼν συνέγραψε, καὶ τοῦτο ποιήσας, ἱστορίαν συγγεγραφέναι φησί. Τὴν μέντοι ἐπιγραφὴν ὀλίγου δεῖν μακροτέραν τοῦ βιβλίου ἐπέγραψεν· « Ἀντιοχιανοῦ[3] τοῦ Ἀπόλλωνος ἱερονίκου (δόλιχον γάρ που, οἶμαι, ἐν παιδὶ νενικήκει) τῶν ἐν Ἀρμενίᾳ καὶ Μεσοποταμίᾳ καὶ ἐν Μηδίᾳ Ῥωμαίοις νῦν πραχθέντων ἀφήγησις. »

XXXI. Ἤδη δ' ἐγώ τινος καὶ τὰ μέλλοντα συγγεγραφότος ἤκουσα, καὶ τὴν λῆψιν Οὐολογέσου, καὶ τὴν Ὀσρόου σφαγὴν, ὡς παραβληθήσεται τῷ λέοντι, καὶ ἐπὶ πᾶσι τὸν τριπόθητον ἡμῖν θρίαμβον· οὕτω πάνυ μαντικῶς ἅμα ἔχων ἔσπευδεν ἤδη πρὸς τὸ τέλος τῆς γραφῆς. Ἀλλὰ καὶ πόλιν ἤδη ἐν τῇ Μεσοποταμίᾳ ᾤκισε, μεγέθει τε μεγίστην, καὶ κάλλει καλλίστην· ἔτι μέντοι ἐπισκοπεῖ καὶ διαβουλεύεται εἴτε Νίκαιαν αὐτὴν ἀπὸ

couru beaucoup de dangers, et il a été blessé auprès de Sur, probablement dans un voyage de Cranium à Lerne. Et cependant il a lu tout cela aux Corinthiens, qui savaient fort bien qu'il n'avait jamais vu de guerre, même en peinture; aussi ne connaît-il ni les armes, ni les machines, ni les évolutions d'armées, ni les ordres de bataille : il appelle *oblique* la phalange *droite*; et dit *marcher contre l'aile*, au lieu de *marcher contre le front*.

XXX. Un autre, vraiment digne de renom, raconte en cinq cents lignes tout ce qui s'est fait depuis le commencement jusqu'à la fin de cette guerre, soit en Arménie, soit en Syrie, soit en Mésopotamie, sur le Tigre et en Médie, et, après cela, il se vante d'avoir écrit une histoire. Cependant il met en tête de son livre un titre presque aussi long que l'ouvrage lui-même : *Récit des exploits faits de nos jours par les Romains en Arménie, en Mésopotamie et en Médie, par Antiochianus, vainqueur aux jeux sacrés d'Apollon.* Il avait, je crois, dans sa jeunesse, remporté le prix de la course.

XXXI. J'en ai entendu un autre qui avait écrit une histoire en forme de prédiction. Il annonce la captivité de Vologèse et la mort d'Osroès, qui sera exposé aux lions, et par-dessus tout, ce triomphe tant désiré. C'est ainsi qu'entraîné par son enthousiasme prophétique, il arrive aussitôt à la fin de son œuvre. Mais ce n'est pas sans avoir fondé en Mésopotamie une ville, grande de toute grandeur et belle de toute beauté, et sans s'être demandé comment il l'appellera,

τῆς νίκης χρὴ ὀνομάζεσθαι, εἴτε Ὁμόνοιαν, εἴτε Εἰρηνίαν[1]· καὶ τοῦτο μὲν ἔτι ἄκριτον, καὶ ἀνώνυμος ἡμῖν ἡ καλὴ πόλις ἐκείνη, λήρου πολλοῦ καὶ κορύζης συγγραφικῆς γέμουσα. Τὰ δ᾽ ἐν Ἰνδοῖς πραχθησόμενα ὑπέσχετο ἤδη γράψειν, καὶ τὸν περίπλουν τῆς ἔξω θαλάσσης. Καὶ οὐχ ὑπόσχεσις ταῦτα μόνον, ἀλλὰ καὶ τὸ προοίμιον τῆς Ἰνδικῆς ἤδη συντέτακται. Καὶ τὸ τρίτον τάγμα, καὶ οἱ Κελτοὶ, καὶ Μαύρων μοῖρα ὀλίγη σὺν Κασσίῳ[2] πάντες οὗτοι ἐπεραιώθησαν τὸν Ἰνδὸν ποταμόν· ὅ τι δὲ πράξουσιν ἢ πῶς δέξονται τὴν τῶν ἐλεφάντων ἐπέλασιν, οὐκ εἰς μακρὰν ἡμῖν ὁ θαυμαστὸς συγγραφεὺς ἀπὸ Μουζούριδος[3] ἢ ἀπ᾽ Ὀξυδρακῶν ἐπιστελεῖ.

XXXII. Τοιαῦτα πολλὰ ὑπ᾽ ἀπαιδευσίας ληροῦσι, τὰ μὲν ἀξιόρατα οὔθ᾽ ὁρῶντες, οὔτ᾽ εἰ βλέποιεν, κατ᾽ ἀξίαν εἰπεῖν δυνάμενοι, ἐπινοοῦντες δὲ καὶ ἀναπλάττοντες ὅττι κεν ἐπ᾽ ἀκαιρίμαν γλῶτταν, φασὶν, ἔλθῃ· καὶ ἐπὶ τῷ ἀριθμῷ τῶν βιβλίων ἔτι σεμνυνόμενοι, καὶ μάλιστα ἐπὶ ταῖς ἐπιγραφαῖς· καὶ γὰρ αὖ καὶ αὐταὶ παγγέλοιοι· « τοῦ δεῖνος Παρθικῶν νικῶν τοσάδε· » καὶ αὖ· « Παρθίδος πρῶτον, δεύτερον » (ὡς Ἀτθίδος[4] δηλονότι). Ἄλλος ἀστειότερον παραπολὺ (ἀνέγνων γάρ)· « Δημητρίου Σαγαλασσέως[5] Παρθονικικά· » οὐδ᾽ ὡς ἐν γέλωτι ποιήσασθαι καὶ ἐπισκῶψαι τὰς ἱστορίας οὕτω καλὰς οὔσας, ἀλλὰ τοῦ χρησίμου ἕνεκα· ὡς ὅστις ἂν ταῦτα καὶ τὰ τοιαῦτα φεύγῃ, πολὺ μέρος ἤδη ἐς τὸ ὀρθῶς συγγράφειν οὗτος προείληφε, μᾶλλον δὲ ὀλίγων ἔτι προσδεῖται, εἴ γε ἀληθὲς ἐκεῖνό φησιν ἡ διαλε-

Nicée, *Homonée* ou *Irénée* : la question reste indécise, et elle n'a pas encore de nom, cette belle ville, pleine d'ailleurs de niaiserie et de stupidité historique. Il nous promet déjà de nous écrire tout ce qui doit se passer dans les Indes et durant notre périple sur la mer Extérieure : il ne s'en tient pas à la promesse; l'exorde de son *Indique* est déjà composé, et la troisième légion, les Celtes, et une petite partie des Maures, avec Cassius, ont déjà traversé l'Indus : ce qu'ils feront par la suite, comment ils soutiendront le choc des éléphants, c'est ce que ce fameux historien nous écrira bientôt de Musyris ou de chez les Oxydraques.

XXXII. Voilà les inepties que l'ignorance fait débiter aux historiens qui ne voient pas ce qui doit fixer leurs regards; et d'ailleurs, le verraient-ils, ils n'auraient pas le talent nécessaire pour l'exprimer; leur imagination leur fait inventer et arranger tout ce que se permet, suivant le proverbe, une langue déréglée. Ils cherchent à se donner du relief par le nombre et surtout par le titre de leurs livres, et ces titres mêmes sont des chefs-d'œuvre de ridicule. L'un prend celui-ci : *Les victoires parthiques*, tant de livres; et ensuite : *la Parthide, livre premier, livre second*, probablement comme celui qui a écrit l'*Atthide*. Un autre est encore plus ingénieux : son ouvrage, que j'ai lu, a pour titre : *Les Parthoniciques de Démétrius de Sagalasse*. Ce que j'ai dit est moins pour tourner en ridicule et pour bafouer ces belles histoires, que dans l'intention d'être utile : car quiconque saura éviter ces sortes de défauts aura déjà acquis une bonne part du talent nécessaire pour être bon historien, ou plutôt il lui manquera bien peu, si

κτικὴ, ὡς τῶν ἀμέσων ἡ θατέρου ἄρσις τὸ ἕτερον πάντως ἀντεισάγει.

XXXIII. Καὶ δὴ τὸ χωρίον σοι, φαίη τις ἂν, ἀκριβῶς ἀνακεκάθαρται, καὶ αἵ τε ἄκανθαι, ὁπόσαι ἦσαν, καὶ βάτοι ἐκκεκομμέναι εἰσὶ, τὰ δὲ τῶν ἄλλων ἐρείπια ἤδη ἐκπεφόρηται· καὶ εἴ τι τραχὺ, ἤδη καὶ τοῦτο λεῖόν ἐστιν· ὥστε οἰκοδόμει τι ἤδη καὶ αὐτὸς, ὡς δείξῃς οὐκ ἀνατρέψαι μόνον τὰ τῶν ἄλλων γεννάδας ὢν, ἀλλά τι καὶ αὐτὸς ἐπινοῆσαι δεξιὸν, καὶ ὃ οὐδεὶς ἂν, ἀλλ᾽ οὐδ᾽ ὁ Μῶμος[1] μωμήσασθαι δύναιτο.

XXXIV. Φημὶ τοίνυν τὸν ἄριστα ἱστορίαν συγγράφοντα δύο μὲν ταῦτα κορυφαιότατα οἴκοθεν ἔχοντα ἥκειν, σύνεσίν τε πολιτικὴν καὶ δύναμιν ἑρμηνευτικήν· τὴν μὲν, ἀδίδακτόν τι τῆς φύσεως δῶρον· ἡ δύναμις δὲ πολλῇ τῇ ἀσκήσει καὶ συνεχεῖ τῷ πόνῳ καὶ ζήλῳ τῶν ἀρχαίων προσγεγενημένη ἔστω. Ταῦτα μὲν οὖν ἄτεχνα καὶ οὐδὲν ἐμοῦ συμβούλου δεόμενα. Οὐ γὰρ συνετοὺς καὶ ὀξεῖς ἀποφαίνειν τοὺς μὴ παρὰ τῆς φύσεως τοιούτους φησὶ τοῦτο ἡμῖν τὸ βιβλίον· ἐπεὶ πολλοῦ ἂν, μᾶλλον δὲ τοῦ παντὸς ἦν ἄξιον, εἰ μεταπλάσαι καὶ μετακοσμῆσαι τὰ τηλικαῦτα ἠδύνατο, ἢ ἐκ μολίβδου χρυσὸν ἀποφῆναι ἢ ἄργυρον ἐκ κασσιτέρου, ἢ ἀπὸ Κόνωνος Τίτορμον, ἢ ἀπὸ Λεωτροφίδου Μίλωνα[2] ἐξεργάσασθαι.

XXXV. Ἀλλὰ ποῦ τὸ τῆς τέχνης καὶ τὸ τῆς συμβουλῆς χρήσιμον; Οὐκ ἐς ποίησιν τῶν προσόντων, ἀλλ᾽ ἐς χρῆσιν αὐτῶν τὴν προσήκουσαν·

ce principe de dialectique est vrai : Lorsque entre deux choses il n'y a pas de milieu, le rejet de l'une entraîne nécessairement l'admission de l'autre.

XXXIII. Or, la place. peut-on dire, est parfaitement nette ; toutes les épines, toutes les ronces qui la couvraient sont coupées ; les décombres en ont disparu ; ce qu'il y avait de raboteux dans le terrain est maintenant uni ; il ne reste donc plus qu'à y bâtir un édifice, qui nous prouve que votre talent d'architecte ne consiste pas seulement à démolir les constructions des autres, mais à en élever vous-même une si parfaite, que personne, y compris Momus, n'y voie rien à reprendre.

XXXIV. Eh bien ! je dis qu'un bon historien doit réunir en soi deux qualités essentielles, une grande intelligence des affaires, une netteté parfaite d'expression. L'une ne peut s'apprendre, c'est un don de la nature ; l'autre peut s'acquérir par un exercice constant, un travail suivi, un vif désir d'égaler les anciens. Aucun art ne peut suppléer à ces deux qualités, et mes conseils n'y sauraient ajouter rien. Ceux, en effet, que la nature n'a pas créés intelligents et sagaces, mon livre ne promet pas de les rendre tels. Autrement, ce serait un grand, un inappréciable secret, que de pouvoir changer et transformer les objets au point de convertir le plomb en or et l'étain en argent, de faire un Titormus d'un Conon, un Milon d'un Léotrophide.

XXXV. Mais où est donc l'utilité de cet art et de vos conseils? Leur objet n'est pas de créer ce qui doit être, mais d'apprendre à s'en servir comme il

οἷόν τι ἀμέλει καὶ Ἴκκος καὶ Ἡρόδικος καὶ
Θέων, καὶ εἴ τις ἄλλος γυμναστὴς, οὐχ ὑπόσχοιντο
ἂν σοι τοῦτον Περδίκκαν παραλαβόντες ἀποφαίνειν
Ὀλυμπιονίκην, καὶ Θεαγένει τῷ Θασίῳ ἢ Πολυ-
δάμαντι τῷ Σκοτουσσαίῳ ἀντίπαλον, ἀλλὰ τὴν δο-
θεῖσαν ὑπόθεσιν εὐφυᾶ πρὸς ὑποδοχὴν τῆς γυμνα-
στικῆς παραπολὺ ἀμείνω ἀποφαίνειν μετὰ τῆς
τέχνης. Ὥστε ἀπέστω καὶ ἡμῶν τὸ ἐπίφθονον
τοῦτο τῆς ὑποσχέσεως, εἰ τέχνην φαμὲν ἐφ᾽ οὕτω
μεγάλῳ καὶ χαλεπῷ τῷ πράγματι ἐφευρηκέναι. Οὐ
γὰρ ὁντινοῦν παραλαβόντες ἀποφαίνειν συγγραφέα
φαμὲν, ἀλλὰ τῷ φύσει συνετῷ καὶ ἄριστα πρὸς λόγους ἠσκημένῳ ὑποδείξειν ὁδούς τινας ὀρθὰς, εἰ
δὴ τοιαῦται φαίνονται, αἷς χρώμενος θᾶττον ἂν καὶ
εὐμαρέστερον τελέσειεν ἄχρι καὶ πρὸς τὸν σκοπόν.

XXXVI. Καίτοι οὐ γὰρ ἂν φαίης ἀπροσδεῆ
τὸν συνετὸν εἶναι τῆς τέχνης καὶ διδασκαλίας ὧν
ἀγνοεῖ· ἐπεὶ κἂν ἐκιθάριζε μὴ μαθὼν καὶ ηὔλει,
καὶ πάντα ἂν ἠπίστατο. Νῦν δὲ μὴ μαθὼν οὐκ
ἄν τι αὐτῶν χειρουργήσειεν· ὑποδείξαντος δέ
τινος, ῥᾷστά τε ἂν μάθοι καὶ εὖ μεταχειρίσαιτο
ἐφ᾽ αὑτοῦ.

XXXVII. Καὶ τοίνυν καὶ ἡμῖν τοιοῦτός τις ὁ
μαθητὴς νῦν παραδεδόσθω, συνιέναι τε καὶ εἰπεῖν
οὐκ ἀγεννὴς, ἀλλ᾽ ὀξὺ δεδορκὼς, οἷος καὶ πράγ-
μασι χρήσασθαι ἂν, εἰ ἐπιτραπείη, καὶ γνώμην
στρατιωτικὴν, ἀλλὰ μετὰ τῆς πολιτικῆς καὶ ἐμ-
πειρίαν στρατηγικὴν ἔχειν, καὶ νὴ Δία καὶ ἐν στρα-
τοπέδῳ γεγονώς ποτε, καὶ γυμναζομένους ἢ ταττο-

convient. C'est comme si Iccus, Hérodicus, Théon, ou tout autre maître de palestre, prenait avec lui Perdiccas, et s'il ne voulait pas s'engager à faire de lui un vainqueur olympique, un rival de Théogène de Thrace ou de Polydamas de Scotussa, mais seulement à fortifier un sujet qui, de sa nature, serait capable des exercices de la gymnastique et de l'améliorer au moyen de leur art. Loin de nous donc toute promesse prétentieuse, lorsque nous disons que nous avons trouvé un art qui peut s'appliquer à un objet si grand, si difficile : car nous ne nous vantons pas de prendre n'importe quel homme et d'en faire un historien : nous voulons montrer à un auteur, naturellement intelligent et exercé à bien écrire, quelques routes droites, qui, s'offrant à lui, le conduiront, s'il y entre, plus vite et plus facilement au but qu'il s'est proposé.

XXXVI. On ne saurait dire, toutefois, qu'un homme intelligent n'ait besoin ni d'art, ni de leçons pour les choses qu'il ignore ; autrement il jouerait de la cithare ou de la flûte sans l'avoir jamais appris, et il saurait tout. Or, sans apprendre, il est impossible de rien faire, tandis qu'avec le secours d'un maître, on peut tout apprendre aisément et s'y perfectionner.

XXXVII. Qu'on me donne donc un élève tel que je le demande, prompt à concevoir et habile à s'exprimer, d'une vue pénétrante, capable de diriger les affaires, si on les lui confie, ayant l'esprit militaire, mais avec la science civile, et sachant par expérience ce que c'est que conduire une armée ; je veux, par Jupiter ! qu'il ait été dans les camps, qu'il ait vu les

μένους στρατιώτας ἑωρακὼς, καὶ ὅπλα εἰδὼς, καὶ μηχανήματα ἔνια, καὶ τί ἐπὶ κέρως, καὶ τί ἐπὶ μετώπου, πῶς οἱ λόχοι, πῶς οἱ ἱππεῖς καὶ πόθεν, καὶ τί ἐξελαύνειν ἢ περιελαύνειν· καὶ ὅλως οὐ τῶν κατοικιδίων τις, οὐδ' οἷος πιστεύειν μόνον τοῖς ἀπαγγέλλουσι.

XXXVIII. Μάλιστα δὲ καὶ πρὸ τῶν πάντων ἐλεύθερος ἔστω τὴν γνώμην, καὶ μήτε φοβείσθω μηδένα, μηδὲ ἐλπιζέτω μηδέν· ἐπεὶ ὅμοιος ἔσται τοῖς φαύλοις δικασταῖς, πρὸς χάριν ἢ πρὸς ἀπέχθειαν ἐπὶ μισθῷ δικάζουσιν. Ἀλλὰ μὴ μελέτω αὐτῷ μήτε Φίλιππος ἐκκεκομμένος τὸν ὀφθαλμὸν ὑπὸ Ἀστέρος τοῦ Ἀμφιπολίτου τοῦ τοξότου ἐν Ὀλύνθῳ, ἀλλὰ τοιοῦτος οἷος ἦν δειχθήσεται[1]· μήτ' εἰ Ἀλέξανδρος ἀνιάσεται ἐπὶ τῇ Κλείτου σφαγῇ ὠμῶς ἐν τῷ συμποσίῳ γενομένῃ, εἰ σαφῶς ἀναγράφοιτο[2]. Οὐδὲ Κλέων[3] αὐτὸν φοβήσει, μέγα ἐν τῇ ἐκκλησίᾳ δυνάμενος καὶ κατέχων τὸ βῆμα, ὡς μὴ εἰπεῖν ὅτι ὀλέθριος καὶ μανικὸς ἄνθρωπος οὗτος ἦν· οὐδὲ ἡ σύμπασα πόλις τῶν Ἀθηναίων, ἢν τὰ ἐν Σικελίᾳ κακὰ ἱστορῇ, καὶ τὴν Δημοσθένους λῆψιν, καὶ τὴν Νικίου τελευτὴν, καὶ ὡς ἐδίψων, καὶ οἷον τὸ ὕδωρ ἔπινον, καὶ ὡς ἐφονεύοντο πίνοντες οἱ πολλοί[4]. Ἡγήσεται γὰρ (ὅπερ δικαιότατον) ὑπ' οὐδενὸς τῶν νοῦν ἐχόντων αὐτὸς ἕξειν τὴν αἰτίαν, ἢν τὰ δυστυχῶς ἢ ἀνοήτως γεγενημένα ὡς ἐπράχθη διηγῆται. Οὐ γὰρ ποιητὴς αὐτῶν, ἀλλὰ μηνυτὴς ἦν. Ὥστε κἂν καταναυμαχῶνται τότε, οὐκ ἐκεῖνος ὁ καταδύων ἐστὶ, κἂν φεύγωσιν, οὐκ ἐκεῖνος ὁ

évolutions et les mouvements des troupes, qu'il connaisse les armes et les machines de guerre, ce que c'est qu'une aile, un front, des bataillons, des escadrons, comment ils se forment, ce qu'on entend par charge, par volte; en un mot, je ne veux pas d'un homme qui ne soit jamais sorti de chez lui et qui s'en rapporte au témoignage des autres.

XXXVIII. Mais il faut, avant tout, que l'historien soit libre dans ses opinions, qu'il ne craigne personne, qu'il n'espère rien. Autrement, il ressemblerait à ces juges corrompus qui, pour un salaire, prononcent des arrêts dictés par la faveur ou la haine. Qu'il ne s'embarrasse pas de ce que Philippe a eu l'œil crevé par Aster, archer d'Amphipolis, sous les murs d'Olynthe, mais qu'il nous le montre borgne comme il était. Il ne doit pas s'attendrir s'il représente au vif Alexandre tuant cruellement Clitus à l'issue d'un festin. Il n'aura pas peur de dire que Cléon, ce souverain des assemblées, ce maître absolu de la tribune, était un homme dangereux et forcené. Il ne redoutera pas la république entière d'Athènes, s'il raconte les désastres de Sicile, la captivité de Démosthène, la mort de Nicias, comment les soldats eurent soif, comment ils se mirent à boire, comment, en buvant, une foule d'entre eux furent taillés en pièces. En effet, il doit croire, ce qui est juste, que nul homme sensé ne lui reprochera de raconter, telle qu'elle a eu lieu, une entreprise malheureuse ou mal concertée. L'historien n'est pas poëte; il est narrateur, et, lorsque les Athéniens sont vaincus dans un combat naval, ce n'est pas lui qui coule les vaisseaux; s'ils prennent la fuite, ce n'est pas lui qui les pour-

διώκων· ἐκτὸς εἰ μὴ, εὔξασθαι δέον, μή τι πα-
ρέλιπεν· ἐπεί τοί γε εἰ σιωπήσας αὐτὰ ἢ πρὸς τοὐ-
ναντίον εἰπὼν ἐπανορθώσασθαι ἐδύνατο, ῥᾷστον ἦν
ἑνὶ καλάμῳ λεπτῷ τὸν Θουκυδίδην ἀνατρέψαι
μὲν τὸ ἐν ταῖς Ἐπιπολαῖς παρατείχισμα, κατα-
δῦσαι δὲ τὴν Ἑρμοκράτους τριήρη, καὶ τὸν κατά-
ρατον Γύλιππον διαπεῖραι μεταξὺ ἀποτειχίζοντα
καὶ ἀποταφρεύοντα τὰς ὁδοὺς, καὶ τέλος Συρακου-
σίους μὲν εἰς τὰς λιθοτομίας ἐμβαλεῖν, τοὺς δ᾽
Ἀθηναίους περιπλεῖν Σικελίαν καὶ Ἰταλίαν μετὰ
τῶν πρῶτον τοῦ Ἀλκιβιάδου ἐλπίδων[1]. Ἀλλ᾽, οἶμαι, τὰ μὲν πραχθέντα οὐδὲ Κλωθὼ ἂν ἔτι ἀνα-
κλώσειεν, οὐδ᾽ Ἄτροπος μετατρέψειε.

XXXIX. Τοῦ δὴ συγγραφέως ἔργον ἕν, ὡς
ἐπράχθη εἰπεῖν. Τοῦτο δ᾽ οὐκ ἂν δύναιτο, ἄχρις ἂν
ἢ φοβῆται Ἀρταξέρξην, ἰατρὸς αὐτοῦ ὢν[2], ἢ ἐλπίζῃ
κάνδυν πορφυροῦν καὶ στρεπτὸν χρυσοῦν καὶ ἵπ-
πον τῶν Νισαίων[3] λήψεσθαι μισθὸν τῶν ἐν τῇ γραφῇ
ἐπαίνων. Ἀλλ᾽ οὐ Ξενοφῶν αὐτὸ ποιήσει, δίκαιος
συγγραφεύς, οὐδὲ Θουκυδίδης. Ἀλλὰ κἂν ἰδίᾳ μι-
σῇ τινὰς, πολὺ ἀναγκαιότερον ἡγήσεται τὸ κοινὸν,
καὶ τὴν ἀλήθειαν περὶ πλείονος ποιήσεται τῆς
ἔχθρας· κἂν φιλῇ, ὅμως οὐκ ἀφέξεται ἁμαρτάνον-
τος. Ἑν γὰρ, ὡς ἔφην, τοῦτο ἴδιον ἱστορίας, καὶ
μόνῃ θυτέον τῇ ἀληθείᾳ, εἴ τις ἱστορίαν γράψων ἴῃ,
τῶν δ᾽ ἄλλων ἁπάντων ἀμελητέον αὐτῷ. Καὶ ὅλως
πῆχυς εἷς καὶ μέτρον ἀκριβὲς, ἀποβλέπειν μὴ εἰς
τοὺς νῦν ἀκούοντας, ἀλλ᾽ εἰς τοὺς μετὰ ταῦτα συν-
εσομένους τοῖς συγγράμμασιν.

suit. Tout au plus lui reprocherait-on de n'avoir pas fait de vœux, l'occasion s'en étant offerte. Cependant, s'il était permis à l'historien de taire les événements malheureux ou de les corriger à son gré, il eût été facile à Thucydide de renverser d'un trait de plume la fortification des Épipoles, de couler la galère d'Hermocrate, et de transpercer l'infâme Gylippe au moment où il interceptait les passages et coupait les communications ; enfin, il pouvait jeter les Syracusains dans les carrières et faire voyager les Athéniens autour de la Sicile et de l'Italie, pour réaliser les espérances d'Alcibiade. Mais je ne crois pas que Clotho puisse dévider de nouveau le passé, ni qu'Atropos en reprenne le fil.

XXXIX. L'unique devoir de l'historien, c'est de dire ce qui s'est fait. Mais il ne le pourra pas, s'il a peur d'Artaxercès, dont il est le médecin ; s'il attend une robe de pourpre, un collier d'or, un cheval de Nisée pour le salaire des éloges prodigués dans son histoire. Ce n'est point ainsi qu'agira Xénophon, l'historien impartial, ni Thucydide ; mais s'il a des inimitiés particulières, il les oubliera pour ne songer qu'à la république ; il mettra l'intérêt de la vérité au-dessus de la haine, et il ne pardonnera pas une faute même à l'amitié. Tel est, je le répète, l'unique devoir de l'historien : ne sacrifier qu'à la vérité, quand on se mêle d'écrire l'histoire, et négliger tout le reste ; en un mot, la seule règle, l'exacte mesure, c'est de n'avoir pas égard seulement à ceux qui l'entendent, mais à ceux qui, plus tard, liront ses écrits.

XL. Εἰ δὲ τὸ παραυτίκα τις θεραπεύοι, τῆς τῶν κολακευόντων μερίδος εἰκότως ἂν νομισθείη, οὓς πάλαι ἡ ἱστορία ἐξ ἀρχῆς εὐθὺς ἀπέστραπτο, οὐ μεῖον ἢ κομμωτικὴν ἡ γυμναστική. Ἀλεξάνδρου γοῦν καὶ τοῦτο ἀπομνημονεύουσιν[1], ὡς· « Ἡδέως ἂν, ἔφη, πρὸς ὀλίγον ἀνεβίουν, ὦ Ὀνησίκριτε, ἀποθανὼν, ὡς μάθοιμι ὅπως ταῦτα οἱ ἄνθρωποι τότε ἀναγινώσκουσιν. Εἰ δὲ νῦν αὐτὰ ἐπαινοῦσι καὶ ἀσπάζονται, μὴ θαυμάσῃς· οἴονται γὰρ οὐ μικρῷ τινὶ τῷ δελέατι τούτῳ ἀνασπάσειν ἕκαστος τὴν παρ' ἡμῶν εὔνοιαν. » Ὁμήρῳ γοῦν, καίτοι πρὸς τὸ μυθῶδες τὰ πλεῖστα συγγεγραφότι ὑπὲρ τοῦ Ἀχιλλέως, ἤδη καὶ πιστεύειν τινὲς ὑπάγονται, μόνον τοῦτο εἰς ἀπόδειξιν τῆς ἀληθείας μέγα τεκμήριον τιθέμενοι, ὅτι μὴ περὶ ζῶντος ἔγραφεν· οὐ γὰρ εὑρίσκουσιν οὗτινος ἕνεκα ἐψεύδετ' ἄν.

XLI. Τοιοῦτος οὖν μοι ὁ συγγραφεὺς ἔστω, ἄφοβος, ἀδέκαστος, ἐλεύθερος, παρρησίας καὶ ἀληθείας φίλος, ὡς ὁ Κωμικός φησι, τὰ σῦκα σῦκα, τὴν σκάφην δὲ σκάφην ὀνομάζων, οὐ μίσει οὐδὲ φιλίᾳ νέμων, οὐδὲ φειδόμενος ἢ ἐλεῶν ἢ αἰσχυνόμενος ἢ δυσωπούμενος· ἴσος δικαστὴς, εὔνους ἅπασιν, ἄχρι τοῦ μὴ θατέρῳ τι ἀπονεῖμαι πλεῖον τοῦ δέοντος, ξένος ἐν τοῖς βιβλίοις καὶ ἄπολις, αὐτόνομος, ἀβασίλευτος, οὐ τί τῷδε ἢ τῷδε δόξει λογιζόμενος, ἀλλὰ τί πέπρακται λέγων.

XLII. Ὁ δ' οὖν Θουκυδίδης εὖ μάλα τοῦτο ἐνομοθέτησε, καὶ διέκρινεν ἀρετὴν καὶ κακίαν συγ-

XL. Si, au contraire, il fait la cour au présent, on aura raison de le mettre au rang de ces flatteurs pour lesquels l'histoire a depuis longtemps autant d'aversion que la gymnastique pour les parures. On cite cette parole d'Alexandre : « J'aurais du plaisir, Onésicrite, à revivre quelque temps après ma mort, pour entendre ce que les hommes d'alors diront en lisant nos exploits. S'ils les louent et les exaltent en ce moment, n'en sois pas surpris ; chacun d'eux espère s'attirer mon amitié avec le bel appât des louanges. » Quoique Homère ait raconté bien des fables au sujet d'Achille, bien des gens sont disposés à le croire, convaincus de la véracité du poëte par cette preuve évidente, c'est qu'il n'a pas chanté un personnage vivant. Ils ne voient pas, en effet, quel intérêt il avait à mentir.

XLI. Ainsi l'historien doit être exempt de crainte, incorruptible, indépendant, ami de la franchise et de la vérité, appelant, comme dit le Comique, figue une figue, barque une barque ; ne donnant rien à la haine, ni à l'amitié, n'épargnant personne par pitié, par honte ou par respect, juge impartial, bienveillant pour tous, n'accordant à personne que ce qui lui est dû, étranger dans ses ouvrages, sans pays, sans lois, sans prince, ne s'inquiétant pas de ce que dira tel ou tel, mais racontant ce qui s'est fait.

XLII. Thucydide eut donc raison d'ériger ce précepte en loi, et de distinguer une bonne et une mau-

γραφικὴν, ὁρῶν μάλιστα θαυμαζόμενον τὸν Ἡρόδοτον, ἄχρι τοῦ καὶ Μούσας κληθῆναι αὐτοῦ τὰ βιβλία· κτῆμά¹ τε γάρ φησι μᾶλλον ἐς ἀεὶ συγγράφειν ἤπερ ἐς τὸ παρὸν ἀγώνισμα, καὶ μὴ τὸ μυθῶδες ἀσπάζεσθαι, ἀλλὰ τὴν ἀλήθειαν τῶν γεγενημένων ἀπολείπειν τοῖς ὕστερον· καὶ ἐπάγει τὸ χρήσιμον καὶ ὃ τέλος ἄν τις εὖ φρονῶν ὑπόθοιτο ἱστορίας, ὡς εἴ ποτε καὶ αὖθις τὰ ὅμοια καταλάβοι, ἔχοιεν, φησὶ, πρὸς τὰ προγεγραμμένα ἀποβλέποντες, εὖ χρῆσθαι τοῖς ἐν ποσί.

XLIII. Καὶ τὴν μὲν γνώμην τοιαύτην ἔχων ὁ συγγραφεὺς ἡκέτω μοι· τὴν δὲ φωνὴν, καὶ τὴν τῆς ἑρμηνείας ἰσχὺν, τὴν μὲν σφοδρὰν ἐκείνην καὶ κάρχαρον, καὶ συνεχῆ ταῖς περιόδοις καὶ ἀγκύλην ταῖς ἐπιχειρήσεσι, καὶ τὴν ἄλλην τῆς ῥητορείας δεινότητα μὴ κομιδῇ τεθηγμένος ἀρχέσθω τῆς γραφῆς, ἀλλ᾽ εἰρηνικώτερον διακείμενος. Καὶ ὁ μὲν νοῦς σύστοιχος ἔστω καὶ πυκνὸς, ἡ λέξις δὲ σαφὴς καὶ πολιτικὴ, οἷα ἐπισημότατα δηλοῦν τὸ ὑποκείμενον.

XLIV. Ὡς γὰρ τῇ γνώμῃ τοῦ συγγραφέως σκοποὺς ὑπεθέμεθα παρρησίαν καὶ ἀλήθειαν, οὕτω δὲ καὶ τῇ φωνῇ αὐτοῦ εἷς σκοπὸς ὁ πρῶτος, σαφῶς δηλῶσαι καὶ φανότατα ἐμφανίσαι τὸ πρᾶγμα, μήτε ἀπορρήτοις καὶ ἔξω πάτου ὀνόμασι, μήτε τοῖς ἀγοραίοις τούτοις καὶ καπηλικοῖς, ἀλλ᾽ ὡς μὲν τοὺς πολλοὺς συνιέναι, τοὺς δὲ πεπαιδευμένους ἐπαινέσαι. Καὶ μὴν καὶ σχήμασι κεκοσμήσθω ἀνεπαχθέσι καὶ τὸ ἀνεπιτήδευτον μάλιστα ἔχουσιν· ἐπεὶ

vaise manière d'écrire l'histoire, lorsqu'il vit l'admiration pour Hérodote aller au point de donner le nom d'une muse à chacun de ses livres. Il dit, en effet, que son ouvrage est un monument éternel, et non pas une pièce écrite pour le moment ; qu'il ne recherche rien qui soit fabuleux, mais qu'il veut laisser à la postérité le récit d'événements véritables. De là il conclut que l'utilité doit être le but que se propose tout homme sensé en écrivant l'histoire, afin que si, par la suite, il arrive des événements semblables, on voie, en jetant les yeux sur ce qui a été écrit, ce qu'il est utile de faire.

XLIII. L'historien qui a cette manière de voir est mon homme. Quant au style, à la force de l'expression, on n'y doit trouver ni véhémence, ni rudesse, ni continuité de périodes, ni série captieuse d'arguments, ni aucun de ces artifices de rhétorique dont la séduction ne convient pas à l'histoire ; il faut l'écrire d'un style rassis et paisible. Le sens doit être serré, plein de choses ; la diction nette, appropriée aux affaires, éclairant parfaitement les faits.

XLIV. Car, ainsi que nous avons établi que les qualités d'esprit de l'historien sont la franchise et la véracité, de même le premier, le seul but de son style, doit être d'exposer clairement les faits, de les présenter sous leur jour le plus lumineux, sans réticences, sans mots hors d'usage, sans aucune de ces expressions qui sentent la place publique et la taverne, mais en termes qui soient compris du vulgaire et loués par les habiles. Je permets l'ornement des figures, mais sans enflure ni recherche ; autrement, son style

τοῖς κατηρτυμένοις τῶν ζωμῶν ἐοικότας ἀποφαίνει τοὺς λόγους.

XLV. Καὶ ἡ μὲν γνώμη κοινωνείτω καὶ προσαπτέσθω τι καὶ ποιητικῆς, παρ' ὅσον μεγαλήγορος καὶ διηρμένη καὶ ἐκείνη, καὶ μάλισθ' ὁπόταν παρατάξεσι καὶ μάχαις καὶ ναυμαχίαις συμπλέκηται. Δεήσει γὰρ τότε ποιητικοῦ τινος ἀνέμου ἐπουριάσοντος τὰ ἀκάτια καὶ συνδιοίσοντος ὑψηλὴν καὶ ἐπ' ἄκρων τῶν κυμάτων τὴν ναῦν. Ἡ λέξις δὲ ὅμως ἐπὶ γῆς βεβηκέτω, τῷ μὲν κάλλει καὶ τῷ μεγέθει τῶν λεγομένων συνεπαιρομένη καὶ ὡς ἔνι μάλιστα ὁμοιουμένη, μὴ ξενίζουσα δὲ μηδ' ὑπὲρ τὸν καιρὸν ἐνθουσιῶσα· κίνδυνος γὰρ αὐτῇ τότε μέγιστος παρακινῆσαι καὶ κατενεχθῆναι ἐς τὸν τῆς ποιητικῆς κορύβαντα, ὥστε μάλιστα πειστέον τηνικαῦτα τῷ χαλινῷ καὶ σωφρονητέον, εἰδότας ὡς ἱπποτυφία τις καὶ ἐν λόγοις πάθος οὐ μικρὸν γίγνεται. Ἄμεινον οὖν ἐφ' ἵππου ὀχουμένῃ τότε τῇ γνώμῃ τὴν ἑρμηνείαν πεζῇ συμπαραθεῖν, ἐχομένην τοῦ ἐφιππίου, ὡς μὴ ἀπολείποιτο τῆς φορᾶς.

XLVI. Καὶ μὴν καὶ συνθήκῃ τῶν ὀνομάτων εὐκράτῳ καὶ μέσῃ χρηστέον, οὔτε ἄγαν ἀφιστάντα καὶ ἀπαρτῶντα (τραχὺ γὰρ), οὔτε ῥυθμῷ παρ' ὀλίγον, ὡς οἱ πολλοί, συνάπτοντα. Τὸ μὲν γὰρ ἐπαίτιον, τὸ δ' ἀηδὲς τοῖς ἀκούουσι.

XLVII. Τὰ δὲ πράγματα αὐτὰ οὐχ ὡς ἔτυχε συνακτέον, ἀλλὰ φιλοπόνως καὶ ταλαιπώρως πολλάκις περὶ τῶν αὐτῶν ἀνακρίνοντα, καὶ μάλιστα μὲν παρόντα καὶ ἐφορῶντα, εἰ δὲ μὴ, τοῖς ἀδεκα-

ressemblerait à des mets trop relevés d'assaisonne-
ments.

XLV. Que la pensée de l'historien participe quelquefois de la poésie, qu'elle se rapproche de ce que
celle-ci a de magnifique et d'élevé, surtout lorsqu'il
se trouve engagé dans les descriptions d'armées ran-
gées en bataille, de combats sur terre ou sur mer. Il
faut alors qu'un souffle poétique enfle les voiles de
son navire, et le fasse glisser à la surface des flots :
seulement, son style ne doit pas quitter la terre ; il
peut s'élever à la beauté et à la grandeur du sujet, et
l'égaler autant qu'il est permis, mais sans sortir de
son caractère, sans se jeter dans un enthousiasme hors
de saison ; il courrait alors grand risque de perdre
la raison et d'être emporté jusqu'à la fureur poétique
des Corybantes. Pour éviter ce danger, il faut obéir
au frein, il faut savoir être sobre, et se rappeler que
la fougue est aussi bien la maladie du style que celle
des chevaux. Il vaudra donc mieux que l'expression
suive à pied la pensée à cheval et se tienne à la selle,
que d'être laissée en arrière dans la rapidité de la
course.

XLVI. Il faut encore, dans l'arrangement des mots,
user de tempérament et garder un juste milieu : ils
ne doivent être ni trop éloignés, ni trop séparés les
uns des autres ; cela est rude, et cependant il ne les
faut pas lier ensemble sans harmonie, comme fait le
vulgaire : l'un est un défaut, l'autre est désagréable à
l'auditoire.

XLVII. Les faits ne doivent pas, non plus, être cousus au hasard, mais soumis à un examen laborieux et
souvent pénible, à une critique sévère : l'auteur les
aura vus, il en aura été le témoin ; sinon, il ne se

στότερον ἐξηγουμένοις προσέχοντα, καὶ οὓς εἰκά-
σειεν ἄν τις ἥκιστα πρὸς χάριν ἢ ἀπέχθειαν ἀφαι-
ρήσειν ἢ προσθήσειν τοῖς γεγονόσι. Κἀνταῦθα ἤδη
καὶ στοχαστικός τις καὶ συνθετικὸς τοῦ πιθανω-
τέρου ἔστω.

XLVIII. Καὶ ἐπειδὰν ἀθροίσῃ ἅπαντα ἢ τὰ
πλεῖστα, πρῶτα μὲν ὑπόμνημά τι συνυφαινέτω
αὐτῶν, καὶ σῶμα ποιείτω ἀκαλλὲς ἔτι καὶ ἀδι-
άρθρωτον. Εἶτα ἐπιθεὶς τὴν τάξιν, ἐπαγέτω τὸ
κάλλος, καὶ χρωννύτω τῇ λέξει, καὶ σχηματιζέτω,
καὶ ῥυθμιζέτω.

XLIX. Καὶ ὅλως ἐοικέτω τότε τῷ τοῦ Ὁμήρου Διὶ, ἄρτι μὲν τὴν τῶν ἱπποπόλων Θρῃκῶν γῆν
ὁρῶντι, ἄρτι δὲ τὴν Μυσῶν[1]. Κατὰ ταῦτα γὰρ καὶ
αὐτὸς ἄρτι μὲν τὰ Ῥωμαίων ἴδια ὁράτω, καὶ δη-
λούτω ἡμῖν οἷα ἐφαίνετο αὐτῷ ἀφ' ὑψηλοῦ ὁρῶντι,
ἄρτι δὲ τὰ Περσῶν, εἶτ' ἀμφότερα, εἰ μάχοιντο.
Καὶ ἐν αὐτῇ δὲ τῇ παρατάξει μὴ πρὸς ἓν μέρος
ὁράτω, μηδ' ἐς ἕνα ἱππέα ἢ πεζὸν, εἰ μὴ Βρασίδας
τις εἴη προπηδῶν, ἢ Δημοσθένης ἀνακόπτων τὴν
ἐπίβασιν[2]· ἐς τοὺς στρατηγοὺς μὲν τὰ πρῶτα, καὶ
εἴ τι παρεκελεύσαντο, κἀκεῖνο ἀκουέσθω, καὶ ὅπως
καὶ ᾗτινι γνώμῃ καὶ ἐπινοίᾳ ἔταξαν. Ἐπειδὰν δὲ
ἀναμιχθῶσι, κοινὴ ἔστω ἡ θέα, καὶ ζυγοστατείτω
τότε ὥσπερ ἐν τρυτάνῃ τὰ γιγνόμενα, καὶ συνδιω-
κέτω καὶ συμφευγέτω.

L. Καὶ πᾶσι τούτοις μέτρον ἐπέστω, μὴ ἐς
κόρον μηδ' ἀπειροκάλως μηδὲ νεαρῶς, ἀλλὰ ῥᾳ-
δίως ἀπολυέσθω· καὶ στήσας ἐνταῦθά που ταῦτα,

fiera qu'à des gens qui racontent avec une fidélité incorruptible, et que l'on ne saurait soupçonner d'ajouter ou de retrancher rien aux événements, par faveur ou par haine. Pour cela, l'auteur doit avoir un discernement juste, et n'admettre dans son récit que les faits les plus probables.

XLVIII. Quand ils les aura tous rassemblés, ou du moins en grande partie, qu'il en fasse premièrement un mémoire, qu'il en compose un corps d'abord informe et sans proportions, puis qu'il y mette de l'ordre, de la beauté, avec le coloris du style, l'éclat des figures, l'harmonie du langage.

XLIX. En un mot, il doit ressembler au Jupiter homérique, qui tantôt jette les yeux sur le pays des Thraces *aux rapides coursiers*, tantôt sur celui des Mysiens. De même, l'historien doit considérer à part soi la marche des Romains, qu'il nous exposera telle qu'il la voit du point élevé où il s'est placé; tantôt celle des Perses, et ensuite les mouvements des deux peuples, s'ils en viennent aux mains. Il ne doit pas, dans une armée rangée en bataille, fixer ses regards sur une seule partie, sur un seul cavalier, sur un seul fantassin, à moins que ce ne soit un Brasidas qui s'élance sur le rivage, un Démosthène qui repousse une descente des ennemis : en effet, il doit voir, avant tout, les généraux. Dès qu'ils donnent un ordre, il doit l'entendre, et savoir comment, dans quelle intention, pour quelle raison ils l'ont donné. Quand la mêlée s'engage, il faut que la vue soit toute d'ensemble, et que l'historien, tenant la balance, pèse les événements, poursuive avec les vainqueurs et fuie avec les vaincus.

L. Tout cela cependant doit être fait avec mesure : qu'il évite la satiété, la maladresse, tout ce qui sent le jeune homme ; qu'il se tire lestement de son récit,

ἐπ᾽ ἐκεῖνα μεταβαινέτω, ἢν κατεπείγῃ· εἶτα ἐπανίτω λυθεὶς, ὁπόταν ἐκεῖνα καλῇ· καὶ πρὸς πάντα σπευδέτω, καὶ ὡς δυνατὸν ὁμοχρονείτω, καὶ μεταπετέσθω ἀπ᾽ Ἀρμενίας μὲν εἰς Μηδίαν, ἐκεῖθεν δὲ ῥοιζήματι ἑνὶ ἐς Ἰβηρίαν, εἶτα ἐς Ἰταλίαν, ὡς μηδενὸς καιροῦ ἀπολείποιτο.

LI. Μάλιστα δὲ κατόπτρῳ ἐοικυῖαν παρασχέσθω τὴν γνώμην ἀθόλῳ καὶ στιλπνῷ καὶ ἀκριβεῖ τὸ κέντρον, καὶ ὁποίας ἂν δέξηται τὰς μορφὰς τῶν ἔργων, τοιαῦτα καὶ δεικνύτω αὐτὰ, διάστροφον δὲ ἢ παράχρουν ἢ ἑτερόσχημον μηδέν· οὐ γὰρ ὥσπερ τοῖς ῥήτορσι γράφουσιν, ἀλλὰ τὰ μὲν λεχθησόμενα ἔστι καὶ εἰρήσεται· πέπρακται γὰρ ἤδη. Δεῖ δὲ τάξαι καὶ εἰπεῖν αὐτά· ὥστε οὐ τί εἴπωσι ζητητέον αὐτοῖς, ἀλλ᾽ ὅπως εἴπωσιν. Ὅλως δὲ νομιστέον τὸν ἱστορίαν συγγράφοντα Φειδίᾳ ἢ Πραξιτέλει χρῆναι ἐοικέναι ἢ Ἀλκαμένει ἤ τῳ ἄλλῳ ἐκείνων. Οὐδὲ γὰρ οὐδ᾽ ἐκεῖνοι χρυσὸν ἢ ἄργυρον ἢ ἐλέφαντα ἢ τὴν ἄλλην ὕλην ἐποίουν· ἀλλ᾽ ἡ μὲν ὑπῆρχε καὶ προϋπεβέβλητο, Ἡλείων ἢ Ἀθηναίων ἢ Ἀργείων πεπορισμένων· οἱ δὲ ἔπλαττον μόνον, καὶ ἔπριον τὸν ἐλέφαντα καὶ ἔξεον καὶ ἐκόλλων καὶ ἐρρύθμιζον καὶ ἐπήνθιζον τῷ χρυσῷ· καὶ τοῦτο ἦν ἡ τέχνη αὐτῶν, ἐς δέον οἰκονομήσασθαι τὴν ὕλην. Τοιοῦτον δή τι καὶ τὸ τοῦ συγγραφέως ἔργον, εἰς καλὸν διαθέσθαι τὰ πεπραγμένα, καὶ εἰς δύναμιν ἐναργέστατα ἐπιδεῖξαι αὐτά. Καὶ ὅταν τις ἀκροώμενος οἴηται μετὰ ταῦτα ὁρᾶν τὰ λεγόμενα, καὶ μετὰ τοῦτο ἐπαινῇ, τότε δὴ τότε ἀπηκρί-

et, quand il a fixé les faits à un point convenable, qu'il passe à d'autres qui pressent ; puis, une fois délivré de ceux-ci, qu'il revienne aux premiers, dès qu'ils le rappellent ; enfin, qu'il fasse marcher tout avec rapidité, qu'il s'avance du même pas que le temps ; qu'il vole d'Arménie en Médie, et que d'un seul mouvement d'aile il se porte en Ibérie, en Italie, pour ne laisser aucun fait le gagner de vitesse.

LI. Mais surtout qu'il rende son jugement semblable à un miroir, brillant, sans tache, et d'un centre parfait. Qu'il reproduise la forme des faits, tels qu'il les a réfléchis, sans les renverser, sans leur prêter des couleurs ou des figures étrangères. L'historien, en effet, ne compose pas comme un rhéteur ; il a devant lui le fond de son discours et il n'a qu'à l'exprimer, puisque ce sont des faits accomplis ; son devoir est de les mettre en ordre et de les raconter ; par conséquent, il n'a point à chercher ce qu'il doit dire, mais comment il doit l'énoncer. En somme, il faut croire qu'un historien ressemble à Phidias, à Praxitèle, à Alcamène, ou à quelque autre de ces artistes. Aucun d'eux n'a fabriqué l'or, l'argent, l'ivoire ou les autres matières dont ils se sont servis ; ils les avaient sous la main ; elles leur venaient d'Élée, d'Athènes ou d'Argos ; ils ne leur ont donné que la forme : ils ont scié l'ivoire, l'ont poli, collé, ajusté et rehaussé d'or. Ce fut un effet de leur art de disposer la matière comme il convenait ; c'est aussi le travail de l'historien de donner aux faits une belle ordonnance, et de les produire sous leur jour le plus brillant. Alors, quand celui qui les entend s'imagine les avoir vus, et fait ensuite l'éloge de l'ouvrage, on peut dire qu'il

6ωται καὶ τὸν οἰκεῖον ἔπαινον ἀπείληφε τὸ ἔργον τῷ τῆς ἱστορίας Φειδίᾳ.

LII. Πάντων δὲ ἤδη παρεσκευασμένων, καὶ ἀπροοιμίαστον μέν ποτε ποιήσεται τὴν ἀρχὴν, ὁπόταν μὴ πάνυ κατεπείγῃ τὸ πρᾶγμα προδιοικήσασθαί τι ἐν τῷ προοιμίῳ· δυνάμει δὲ καὶ τότε φροιμίῳ χρήσεται, τῷ ἀποσαφοῦντι περὶ τῶν λεκτέων.

LIII. Ὁπόταν δὲ καὶ φροιμιάζηται, ἀπὸ δυοῖν μόνον ἄρξεται, οὐχ, ὥσπερ οἱ ῥήτορες, ἀπὸ τριῶν, ἀλλὰ τὸ τῆς εὐνοίας παρεὶς, προσοχὴν καὶ εὐμάθειαν εὐπορήσει τοῖς ἀκούουσι. Προσέξουσι μὲν γὰρ αὐτῷ, ἢν δείξῃ ὡς περὶ μεγάλων ἢ ἀναγκαίων ἢ οἰκείων ἢ χρησίμων ἐρεῖ. Εὐμαθῆ δὲ καὶ σαφῆ τὰ ὕστερα ποιήσει, τὰς αἰτίας προεκτιθέμενος καὶ περιορίζων τὰ κεφάλαια τῶν γεγενημένων.

LIV. Τοιούτοις προοιμίοις οἱ ἄριστοι τῶν συγγραφέων ἐχρήσαντο· Ἡρόδοτος μὲν[1], ὡς μὴ τὰ γενόμενα ἐξίτηλα τῷ χρόνῳ γένηται, μεγάλα καὶ θαυμαστὰ ὄντα, καὶ ταῦτα νίκας Ἑλληνικὰς δηλοῦντα καὶ ἥττας βαρβαρικάς· Θουκυδίδης δὲ[2], μέγαν τε καὶ αὐτὸς ἐλπίσας ἔσεσθαι καὶ ἀξιολογώτατον καὶ μείζω τῶν προγεγενημένων ἐκεῖνον τὸν πόλεμον· καὶ γὰρ παθήματα ἐν αὐτῷ μεγάλα ξυνέβη γενέσθαι.

LV. Μετὰ δὲ τὸ προοίμιον, ἀνάλογον τοῖς πράγμασιν ἢ μηκυνόμενον ἢ βραχυνόμενον, εὐαφὴς καὶ εὐάγωγος ἔστω ἡ ἐπὶ τὴν διήγησιν μετάβασις. Ἅπαν γὰρ ἀτεχνῶς τὸ λοιπὸν σῶμα τῆς ἱστορίας

est de main de maître, et qu'il mérite la louange accordée au Phidias de l'histoire.

LII. Quand tous les matériaux ont été recueillis, l'historien peut commencer sur-le-champ sa narration, sans la faire précéder d'un exorde, surtout si la nature des faits n'exige pas les éclaircissements d'un préambule. Alors la force même du récit tiendra lieu de préliminaire, en éclairant tout d'abord ce qui doit être dit.

LIII. Cependant, si l'on débute par un exorde, on ne le fera porter que sur deux points, et non pas sur trois comme les rhéteurs. On laissera de côté ce qui a rapport à la bienveillance, et l'on se conciliera seulement l'attention et la docilité de l'auditoire. Or, les auditeurs seront attentifs, s'ils s'aperçoivent qu'on leur parle de faits importants, nécessaires, intéressants, utiles. Le moyen de rendre ce qui doit suivre clair et facile à concevoir, c'est de commencer par exposer les causes et une vue sommaire des événements.

LIV. Tels sont les exordes qu'ont employés les meilleurs historiens. Hérodote dit qu'il ne veut pas que l'oubli anéantisse des événements aussi grands, aussi admirables, c'est-à-dire les victoires des Grecs et les défaites des Perses. Thucydide pense que cette guerre du Péloponèse sera plus grande, plus digne de mémoire et plus importante que celles qui l'ont précédée. Elle a été signalée, en effet, par de terribles désastres.

LV. Après un exorde, long ou bref, proportionné aux événements, il faut que la transition qui passe aux faits mêmes soit ménagée et conduite avec art ; et tout le reste du corps historique n'étant plus qu'un

διήγησις μακρά ἐστιν· ὥστε ταῖς τῆς διηγήσεως
ἀρεταῖς κατακεκοσμήσθω, λείως τε καὶ ὁμαλῶς
προϊοῦσα καὶ αὐτῇ ὁμοίως, ὥστε μὴ προὔχειν μήτε
κοιλαίνεσθαι. Ἔπειτα τὸ σαφὲς ἐπανθείτω, τῇ
λέξει, ὡς ἔφην, μεμηχανημένον καὶ τῇ συμπερι-
πλοκῇ τῶν πραγμάτων. Ἀπόλυτα γὰρ καὶ ἐντελῆ
πάντα ποιήσει, καὶ τὸ πρῶτον ἐξεργασάμενος,
ἐπάξει τὸ δεύτερον ἐχόμενον αὐτοῦ καὶ ἁλύσεως
τρόπῳ συνηρμοσμένον, ὡς μὴ διακεκόφθαι, μηδὲ
διηγήσεις πολλὰς εἶναι ἀλλήλαις παρακειμένας, ἀλλ'
ἀεὶ τὸ πρῶτον τῷ δευτέρῳ μὴ γειτνιᾶν μόνον, ἀλλὰ
καὶ κοινωνεῖν καὶ ἀνακεκρᾶσθαι κατὰ τὰ ἄκρα.

LVI. Τάχος ἐπὶ πᾶσι χρήσιμον, καὶ μάλιστα
εἰ μὴ ἀπορία τῶν λεκτέων εἴη· καὶ τοῦτο πορίζε-
σθαι χρὴ μὴ τοσοῦτον ἀπὸ τῶν ὀνομάτων ἢ ῥημά-
των ὅσον ἀπὸ τῶν πραγμάτων· λέγω δὲ, εἰ παρα-
θέοις μὲν τὰ μικρὰ καὶ ἧττον ἀναγκαῖα, λέγοις δ'
ἱκανῶς τὰ μεγάλα. Μᾶλλον δὲ καὶ παραλειπτέον
πολλά. Οὐδὲ γὰρ ἦν ἑστιᾷς τοὺς φίλους, καὶ πάντα
ᾖ παρεσκευασμένα διὰ τοῦτο, ἐν μέσοις τοῖς πέμ-
μασι καὶ τοῖς ὀρνέοις καὶ λοπάσι τοσαύταις καὶ
συσὶν ἀγρίοις καὶ λαγωοῖς καὶ ὑπογαστρίοις καὶ
σαπέρδην ἐνθήσεις καὶ ἔτνος, εἴ τι κἀκεῖνο παρ-
εσκεύαστο· ἀμελήσεις δὲ τῶν εὐτελεστέρων.

LVII. Μάλιστα δὲ σωφρονητέον ἐν ταῖς τῶν
ὀρῶν ἢ τειχῶν ἢ ποταμῶν ἑρμηνείαις, ὡς μὴ δύναμιν λόγων ἀπειροκάλως παρεπιδείκνυσθαι δοκοίης
καὶ τὸ σαυτοῦ δρᾶν, παρεὶς τὴν ἱστορίαν· ἀλλ' ὀλίγον προσαψάμενος, τοῦ χρησίμου καὶ σαφοῦς ἕνεκα,

long récit, il doit être orné de toutes les qualités propres à la narration, marcher d'un pas régulier, partout uniforme et semblable à lui-même, sans saillies et sans cavités. Qu'on voie s'épanouir dans la diction une clarté produite, ainsi que je l'ai dit, par l'étroite union des faits. Cette liaison rendra tout le reste parfait, achevé; un passage bien tourné en amènera un autre qui s'y joindra, comme l'anneau à la chaîne, de manière à n'en être plus séparé. Cette cohérence empêchera qu'il n'y ait plusieurs récits juxtaposés : le premier se rattachera au second, non-seulement par le voisinage, mais par la continuité et le mélange complet de leurs points de rapport.

LVI. La brièveté est utile partout, et notamment quand on a beaucoup à dire ; mais elle doit moins consister dans les mots et dans les expressions que dans les faits. Je dis toutefois que, s'il faut simplement effleurer les faits qui manquent d'intérêt et de valeur, on doit insister sur ceux qui ont de l'importance ; néanmoins, il y en a beaucoup qu'on peut omettre. En effet, si pour traiter vos amis, vous avez fait préparer un festin, vous n'irez pas, au milieu des gâteaux, des volailles, des plats choisis, des sangliers, des lièvres, des ventres de truies, servir une sardine, un plat de purée ou tout autre ragoût ; vous négligerez cette nourriture commune.

LVII. Il faut encore être d'une grande sobriété dans les descriptions de montagnes, de fortifications et de fleuves, de peur de paraître se plaire à un vain étalage de mots, et faire ses propres affaires sans songer à l'histoire ; mais il faut toucher légèrement ces détails, pour l'utilité ou la clarté du récit, puis passer vite

μεταδήσῃ, ἐκφυγὼν τὸν ἰξὸν· τὸν ἐν τῷ πράγματι
καὶ τὴν τοιαύτην ἅπασαν λιχνείαν, οἷον ὁρᾷς τι
καὶ Ὅμηρος ὡς μεγαλόφρων ποιεῖ· καίτοι ποιητὴς ὤν, παραθεῖ τὸν Τάνταλον καὶ τὸν Ἰξίονα
καὶ Τιτυὸν καὶ τοὺς ἄλλους[1]. Εἰ δὲ Παρθένιος[2] ἢ
Εὐφορίων ἢ Καλλίμαχος ἔλεγε, πόσοις ἂν οἴει
ἔπεσι τὸ ὕδωρ ἄχρι πρὸς τὸ χεῖλος τοῦ Ταντάλου
ἤγαγεν; εἶτα πόσοις ἂν Ἰξίονα ἐκύλισε; Μᾶλλον
δὲ ὁ Θουκυδίδης αὐτός, ὀλίγα τῷ τοιούτῳ εἴδει
τοῦ λόγου χρησάμενος, σκέψαι ὅπως εὐθὺς ἀφίστα-
ται, ἢ μηχάνημα ἑρμηνεύσας, ἢ πολιορκίας σχῆμα
δηλώσας, ἀναγκαῖον καὶ χρειῶδες ὄν, ἢ Ἐπιπο-
λῶν σχῆμα ἢ Συρακουσίων λιμένα. Ὅταν μὲν
γὰρ τὸν λοιμὸν διηγῆται, καὶ μακρὸς εἶναι δοκῇ,
σὺ τὰ πράγματα ἐννόησον· εἴσῃ γὰρ οὕτω τὸ τάχος, καὶ ὡς φεύγοντος ὅμως ἐπιλαμβάνεται αὐτοῦ
τὰ γεγενημένα, πολλὰ ὄντα.

LVIII. Ἦν δέ ποτε καὶ λόγους ἐροῦντά τινα
δεήσῃ εἰσάγειν, μάλιστα μὲν ἐοικότα τῷ προσ-
ώπῳ καὶ τῷ πράγματι οἰκεῖα λεγέσθω· ἔπειτα ὡς
σαφέστατα καὶ ταῦτα· πλὴν ἀφεῖταί σοι τότε καὶ
ῥητορεῦσαι καὶ ἐπιδεῖξαι τὴν τῶν λόγων δεινότητα.

LIX. Ἔπαινοι μὲν γὰρ ἢ ψόγοι πάνυ πεφεισ-
μένοι καὶ περιεσκεμμένοι καὶ ἀσυκοφάντητοι, καὶ
μετὰ ἀποδείξεων, καὶ ταχεῖς καὶ μὴ ἄκαιροι, ἐπεὶ
ἔξω τοῦ δικαστηρίου ἐκεῖνοί εἰσι· καὶ τὴν αὐτὴν
Θεοπόμπῳ[3] αἰτίαν ἕξεις, φιλαπεχθημόνως κατηγο-
ροῦντι τῶν πλείστων, καὶ διατριβὴν ποιουμένῳ τὸ

pour échapper à cette glu et à ces amorces. Ainsi fait le grand Homère : tout poëte qu'il est, il glisse sur Tantale, Ixion, Tityus et les autres ; mais si Parthénius, Euphorion ou Callimaque avaient traité ce sujet, combien crois-tu qu'il eût fallu de vers pour amener l'eau jusqu'aux lèvres de Tantale ; combien pour mettre en mouvement la roue d'Ixion ? Thucydide, avec bien plus de goût, emploie rarement le genre descriptif : vois comme il va droit au but, soit qu'il donne l'explication d'une machine, soit qu'il entre dans les détails, utiles et nécessaires, de la disposition d'un siége, soit qu'il décrive la forme des Épipoles ou le port de Syracuse. Sa description de la peste paraît longue ; mais, si tu songes aux faits, tu verras qu'il ne cesse pas d'aller vite, et que sa course est à peine retardée par les circonstances nombreuses qui la retiennent.

LVIII. Si quelquefois on est obligé de faire parler des personnages, il faut qu'ils tiennent des discours appropriés à leur caractère et aux événements, et que d'ailleurs ils s'expriment avec la plus grande clarté : du reste, il vous est permis, en ce cas, de montrer votre talent dans l'art de bien dire, et de déployer votre éloquence.

LIX. Les éloges et les blâmes doivent être modérés, circonspects, exempts de calomnie et de flatterie, courts et placés à propos. Autrement ils seraient injustes, et vous mériteriez le reproche fait à Théopompe, qui, par un penchant particulier à la haine, fait le procès à presque tous ceux dont il parle : à

πρᾶγμα, ὡς κατηγορεῖν μᾶλλον ἢ ἱστορεῖν τὰ πεπραγμένα. ·

LX. Καὶ μὴν καὶ μῦθος εἴ τις παρεμπέσοι, λε-
κτέος μὲν, οὐ μὴν πιστωτέος πάντως, ἀλλ᾽ ἐν μέσῳ
θετέος τοῖς ὅπως ἂν ἐθέλωσιν εἰκάσουσι περὶ αὐ-
τοῦ· σὺ δ᾽ ἀκίνδυνος καὶ πρὸς οὐδέτερον ἐπιρρε-
πέστερος.

LXI. Τὸ δ᾽ ὅλον ἐκείνου μοι μέμνησο (πολλάκις γὰρ τὸ αὐτὸ ἐρῶ), καὶ μὴ πρὸς τὸ παρὸν μόνον
ὁρῶν γράφε, ὡς οἱ νῦν ἐπαινέσωνταί σε καὶ τιμή-
σωσιν, ἀλλὰ τοῦ σύμπαντος αἰῶνος ἐστοχασμένος,
πρὸς τοὺς ἔπειτα¹ μᾶλλον σύγγραφε, καὶ παρ᾽ ἐκείνων ἀπαίτει τὸν μισθὸν τῆς γραφῆς, ὡς λέγηται
καὶ περὶ σοῦ· « Ἐκεῖνος μέντοι ἐλεύθερος ἀνὴρ ἦν
καὶ παρρησίας μεστός· οὐδὲν οὐδὲ κολακευτικὸν
οὐδὲ δουλοπρεπὲς, ἀλλ᾽ ἀλήθεια ἐπὶ πᾶσι. » Τοῦτ᾽,
εἰ σωφρονοίη τις, ὑπὲρ πάσας τὰς νῦν ἐλπίδας θεῖτο
ἂν, οὕτως ὀλιγοχρονίους οὔσας.

LXII. Ὁρᾷς τὸν Κνίδιον ἐκεῖνον ἀρχιτέκτονα,
οἷον ἐποίησεν; Οἰκοδομήσας γὰρ τὸν ἐπὶ τῇ Φάρῳ
πύργον, μέγιστον καὶ κάλλιστον ἔργων ἁπάντων,
ὡς πυρσεύοιτο ἀπ᾽ αὐτοῦ τοῖς ναυτιλλομένοις ἐπὶ
πολὺ τῆς θαλάττης, καὶ μὴ καταφέροιντο εἰς τὴν
Παραιτονίαν, παγχάλεπον, ὥς φασιν, οὖσαν καὶ
ἄφυκτον, εἴ τις ἐμπέσοι εἰς τὰ ἕρματα. Οἰκοδομήσας οὖν τὸ ἔργον, ἔνδοθεν μὲν κατὰ τῶν λίθων τὸ
αὑτοῦ ὄνομα ἐπέγραψεν· ἐπιχρίσας δὲ τιτάνῳ καὶ
ἐπικαλύψας, ἐπέγραψε τοὔνομα τοῦ τότε βασιλεύοντος, εἰδὼς, ὅπερ καὶ ἐγένετο, πάνυ ὀλίγου χρόνου

cet égard même il passe tellement les bornes, qu'il semble plutôt un accusateur qu'un historien.

LX. Si dans le cours du récit il s'offrait quelque trait fabuleux, on peut le rapporter, mais sans y croire : on doit l'abandonner au jugement du lecteur, qui pourra décider à son gré. Pour toi, tu n'as rien à craindre, et tu n'es forcé à te prononcer ni dans un sens ni dans l'autre.

LXI. En résumé n'oublie pas, et je me plais à le répéter, que tu ne dois point écrire en vue du moment présent, pour être loué, honoré de tes contemporains; fixe, au contraire, tes regards sur les siècles à venir ; écris pour la postérité ; demande-lui le prix de tes travaux, et fais-la dire de toi : « C'était un homme indépendant, plein de franchise, ennemi de la flatterie, de la servilité; la vérité chez lui brille de toutes parts. » Quiconque a des sentiments élevés doit placer ces suffrages au-dessus des espérances si passagères du temps présent.

LXII. Vois ce qu'a fait un certain architecte de Cnide ! Il avait construit la tour de Pharos, ce rare et merveilleux édifice, du haut duquel un feu éclairait au loin les navigateurs, pour les empêcher d'aller se jeter sur les brisants de la côte difficile et impraticable de Parétonium. Après avoir achevé son ouvrage, il y grava son nom fort avant dans la pierre, et le recouvrit d'un enduit de plâtre, sur lequel il écrivit le nom du roi qui régnait alors. Il avait prévu ce qui devait arriver. Au bout de quelques années le plâtre

συνεκπεσούμενα μὲν τῷ χρίσματι τὰ γράμματα, ἐκφανησόμενον δέ· « Σώστρατος Δεξιφάνους Κνίδιος θεοῖς σωτῆρσιν ὑπὲρ τῶν πλωϊζομένων. » Οὕτως οὐδ᾽ ἐκεῖνος ἐς τὸν τότε καιρὸν οὐδὲ τὸν αὑτοῦ βίον τὸν ὀλίγον ἑώρα, ἀλλ᾽ εἰς τὸν νῦν καὶ τὸν ἀεὶ, ἄχρις ἂν ἑστήκῃ ὁ πύργος καὶ μένῃ αὐτοῦ ἡ τέχνη.

LXIII. Χρὴ τοίνυν καὶ τὴν ἱστορίαν οὕτω γράφεσθαι σὺν τῷ ἀληθεῖ μᾶλλον πρὸς τὴν μέλλουσαν ἐλπίδα ἤπερ σὺν κολακείᾳ πρὸς τὸ ἡδὺ τοῖς νῦν ἐπαινουμένοις. Οὗτός σοι κανὼν καὶ στάθμη ἱστορίας δικαίας. Καὶ εἰ μὲν σταθμήσονταί τινες αὐτῇ, εὖ ἂν ἔχοι, καὶ εἰς δέον ἡμῖν γέγραπται· εἰ δὲ μὴ, κεκύλισται ὁ πίθος ἐν Κρανείῳ[1].

tombait avec les lettres qu'il portait, et l'on découvrit cette inscription : « Sostrate de Cnide, fils de Dexiphane, aux dieux sauveurs, pour ceux qui sont battus des flots. » Ainsi cet architecte n'a pas eu en vue le moment présent, le court instant de la vie, mais l'heure actuelle et les années à venir, tant que la tour serait debout et que subsisterait l'œuvre de son talent.

LXIII. Voilà comment il faut écrire l'histoire. Il vaut mieux, prenant la vérité pour guide, attendre sa récompense de la postérité que nous livrer à la flatterie pour plaire à nos contemporains. Telle est la règle, tel est le fil à plomb d'une histoire bien écrite : si l'on s'y conforme, rien de mieux, et je n'aurai point travaillé en vain ; s'il en est autrement, j'aurai roulé mon tonneau dans le Cranium.

NOTES

SUR LE TRAITÉ

DE LA MANIÈRE D'ÉCRIRE L'HISTOIRE.

Page 6 : 1. Cf. Denys d'Halicarnasse, *Lettre à Cn. Pompée;* Hérodien, commencement du Ier livre; de Thou, préface de son *Histoire;* Mably, *De la manière d'écrire l'histoire;* Fénelon, *Lettre à l'Académie;* Racine, t. II, p. 244 de l'édition de Ch. Lahure; A. Thiers, préface du t. XIII de l'*Hist. du Consulat et de l'Empire;* Hipp. Rigault, *Luciani Samosatensis quæ fuerit de re litteraria judicandi ratio,* p. 33.

— **2.** Lieutenant d'Alexandre, Lysimaque obtint la Thrace en partage après la bataille d'Ipsus, 301 avant J. C. Abdère était une des villes maritimes les plus importantes de ce royaume.

— **3.** C'est probablement le même que celui auquel est dédié *le Banquet ou les Lapithes,* mais on ne sait rien de plus sur cet ami de Lucien.

— **4.** Tragédie d'Euripide dont il ne reste que quelques fragments. Voy. Athénée, livre XIII, i, vers la fin.

Page 8 : 1. « La guerre dont il est ici question eut lieu la seconde année du règne de Marc Aurèle, l'an de Jésus-Christ 162. On n'en connaît guère d'autres détails que ceux qu'il a plu à l'abréviateur de Dion Cassius (Xiphilin) de nous conserver, et qui sont malheureusement trop sommaires. L'échec dont parle ici Lucien arriva lorsque Sévérien, envoyé à la tête de l'armée romaine contre Osroès, fut défait, et vit ses troupes taillées en pièces par Othryade, général des Parthes. » BELIN DE BALLU.

— **2.** Le scoliaste attribue cette parole à Empédocle.

Page 10 : 1. Κρανείου, le Cranée, gymnase de Corinthe, où Diogène s'était établi. On sait que chez les Grecs les gymnases étaient pour les oisifs des lieux de rendez-vous.

Page 10 : 2. Homère, *Odyssée*, XII, v. 219.

Page 12 : 1. Thucydide, liv. I, xxii.

— 2. Où l'on déposait les archives.

Page 16 : 1. Homère, *Iliade*, XX, v. 228.

— 2. Ἀνασπάσας. Homère, au commencement du chant huitième de l'*Iliade*, nous montre Jupiter suspendant par une chaîne d'or la terre et la mer à l'Olympe.

— 3. Homère, *Iliade*, III, v. 478.

Page 22 : 1. Il est à croire que Lucien avait ce tableau sous les yeux. On trouve une gravure représentant Hercule aux pieds d'Omphale dans le *Recueil d'estampes d'après les plus célèbres tableaux de la galerie royale de Dresde;* Dresde, 1753, vol. I, n° 40.

Page 24 : 1. Sur Aristobule, voy. Vossius, *Hist. gr.*, édition Westermann, p. 89 ; Robert Geier, *Alexandri magni historiarum scriptores ætate suppares*, p. 27-73, et notre *Essai sur la légende d'Alexandre le Grand*, p. 18 et suivantes.

— 2. Cet architecte s'appelait Dinocratès suivant Vitruve, et Stasicratès suivant Plutarque. Voy. Vitruve, *De architectura*, préface du livre II ; Plutarque, *Vie d'Alexandre*, chap. lxxii, et *De la fortune d'Alexandre*, ii, 2.

Page 26 : 1. Lucius Vérus.

— 2. Allusion à l'*Iliade*, v. 216 ; XXII, v. 158.

Page 28 : 1. Vossius le cite parmi les historiens grecs, édition Westermann, p. 422.

— 2. Il y avait deux villes du nom de Pompéia, l'une en Silicie, l'autre en Paphlagonie; Dusoul croit qu'il s'agit ici de la seconde.

— 3. Quartiers d'Athènes.

— 4. Voy. pour toutes ces imitations Thucydide, I, xxxii; II, xvii, xlviii.

Page 34 : 1. Imitation d'Homère, *Iliade*, XI, 25.

Page 36 : 1. Ce général fit la guerre en Arménie, et la termina l'an 164 de Jésus-Christ, par la prise d'Artaxate, capitale du pays, aujourd'hui *Ardèch*.

— 2. Ville de Médie, en deçà de l'Euphrate.

Page 40 : 1. C'est, en effet, le commencement du livre sur l'expédition du jeune Cyrus ; mais on doute que cet ouvrage soit de

Xénophon. Voy. Vossius, *Hist. gr.*, édition Westermann, p. 53, au mot *Thermitogenes,*

Page 42 : 1. Voy. Thucydide, II, chap. XXXIV-XXXVI.

Page 44 : 1. Voy. la fin de cette tragédie de Sophocle dans la traduction de M. Artaud et dans celle de Th. Guiard.

Page 46 : 1. Allusion à la clepsydre.

— 2. Espèce de poisson de mer, saxatile, à nageoires épineuses.

Page 48 : 1. Bourgade située à une douzaine de kilomètres de Corinthe.

Page 50 : 1. On trouve une ville de ce nom dans le *Roman d'Alexandre;* voy. notre *Essai sur la légende d'Alexandre le Grand,* p. 197 et suivantes.

— 2. Fontaine voisine de Corinthe.

— 3. Vossius n'a pas mis ce nom dans ses *Historiens grecs,* édition Westermann, p. 391.

Page 52 : 1. Nicée, de Νιχαῖος, la victorieuse; *Homonée* ou *Irénée,* d'Ὁμόνοια, *concorde* ou Εἰρήνη, *paix.* Cela fait songer au **Gripus** de Plaute, songeant à fonder la ville de *Gripopolis.* Voy. Plaute, *Rudens,* acte IV, scène II.

— 2. Lieutenant de Marc Aurèle.

— 3. Musyris, ville marchande de l'Inde. Voy. Pline l'Ancien, *Hist. nat.* VI, XXII. Les Oxydraques, peuples de l'Inde, contre lesquels combattit Alexandre. Voy. Quinte Curce, IV, chap. IV et V.

— 4. L'*Atthide* est d'un nommé Philochorus, fils de Cycnus d'Athènes; voy. Vossius, *Hist. gr.,* édition Westermann, p. 154.

— 5. *Id., ibid.,* p. 426.

Page 54 : 1. Jeu de mots entre Μῶμος et μωμήσασθαι. Cf. p. 88, note 1.

— 2. « Milon, fier de sa force extrême, rencontrant un jour Titormus, pâtre d'une haute stature, voulut connaître quelle était la vigueur de cet homme. Celui-ci lui dit qu'il n'était pas d'une grande force; mais étant descendu dans la plaine d'Événus, et ayant ôté son habit, il prit une pierre énorme, la tira d'abord à lui, ensuite la repoussa, et fit cela deux ou trois fois; puis il l'enleva jusqu'à la hauteur de ses genoux; enfin il la chargea sur ses épaules et la porta environ l'espace de cinquante orgyes ou brasses, et la jeta à terre. Milon put à peine

ébranler cette roche. Titormus, allant ensuite à son troupeau, saisit par le pied un taureau furieux, qui fit tous ses efforts pour s'enfuir et ne le put pas; le pâtre, de l'autre main, en prit également un second par le pied, et les tint tous les deux en respect. Milon, voyant cela, leva les yeux au ciel et s'écria : « O Jupiter, cet homme est-il donc un autre Hercule? » BELIN DE BALLU. Cf. Élien, *Hist. div.*, VII, XXII. Léotrophide était un méchant poëte athénien, d'une maigreur proverbiale. Voy. Athénée, XII, XIII; Aristophane, *Oiseaux*, v. 1405, et la traduction de M. Artaud, p. 304.

Page 58 : 1. Diodore de Sicile, livre VII, dit que cet accident arriva à Philippe, au siége de Méthone. Lucien semble, dans ce passage, faire allusion à la flatterie d'Apelle, qui, ne voulant pas reproduire la difformité d'Antigone, qui était borgne, l'avait peint de profil. Cf. Quintilien, II, XIII.

— 2. Voy. Quinte Curce, VIII, chap. 1 et suivants.

— 3. Voy. les *Chevaliers* d'Aristophane, trad. de M. Artaud.

— 4. Voy. Thucydide, chap. LXXXII et suivants.

Page 60 : 1. *Id., ibid.*

— 2. Allusion à Ctésias de Cnide. Voy. Vossius, *Hist. gr.*, édition Westermann, p. 51, 423.

— 3. Le plus beau de tous les chevaux, la monture des souverains. Voy. Oppien, *De la chasse*, v. 310 et suivants. Nisée était une ville de la Parthiène, aujourd'hui *Nisa*.

— 4. Voy. sur Onésicrite, Robert Geier, *ouvrage cité*, p. 74-108; Vossius, *ouvrage cité*, p. 94, 113, et notre *Essai sur la légende d'Alexandre le Grand*, p. 21.

Page 62 : 1. Livre I, XXII; II, XLVIII; VII, LVI. Lucien ne cite pas Thucydide textuellement; il se contente du sens en général.

Page 68 : 1. *Iliade*, XIII, v. 4.

— 2. Thucydide, livre IV, XI, XII.

Page 74 : 1. Hérodote, I, 1.

— 2. Thucydide, I, 1.

Page 76 : 1. *Odyssée*, XI, v. 575 et suivants.

— 2. Parthénius de Nicée, auteur d'un petit roman grec intitulé : *Les affections amoureuses*, vivait vers l'an 681 de la fondation de Rome, 73 avant J. C. Sur Euphorion et Callimaque, voy. A Pierron, *Hist. de la litt. gr.*, p. 401 et 388.

— 3. Sur Théopompe, voy. Vossius, p. 40, et Robert Geier, p. X.

Page 78 : 1. Longin, chap. XIII et XIV, et cf. une belle page de M. Egger, *Hist. de la critique chez les Grecs*, p. 292. Voy. aussi les annotations de M. Louis Vaucher, p. 188 de sa traduction du *Traité du Sublime*.

Page 80 : 1. « Bien que cet opuscule de Lucien soit le premier traité en forme que nous rencontrions sur cette matière dans l'antiquité, il n'est pas un seul de ses préceptes qu'on ne retrouve plus ou moins explicitement chez les historiens et les rhéteurs ses devanciers; mais Lucien a su rajeunir ces préceptes; il a eu d'ailleurs l'heureuse fortune de rencontrer sur son chemin une école de sots narrateurs, dont les ridicules ouvrages prêtaient merveilleusement à la satire, et il en a profité. Mais, là même, on peut mesurer ce que vaut la verve ingénieuse de Lucien en le comparant à Polybe. Dans son douzième livre, Polybe fait la critique de Timée, l'un de ses confrères, aussi durement sans doute que Lucien gourmande les historiens de la guerre contre les Parthes : on ne lit plus Polybe que pour s'instruire; le petit livre de Lucien n'instruit pas seulement, c'est encore un chef-d'œuvre de plaisanterie élégante et fine qui charme tous les hommes de goût. » E. EGGER, *De la critique chez les Grecs*, p. 282.

FIN

Imprimerie générale de Ch. Lahure, rue de Fleurus, 9, à Paris.

Démosthène. *Philippiques* (les quatre) (Materne). » 70
Élien. *Extraits* (A. Lemaire). » »
Eschyle. *Sept (les) contre Thèbes* (Materne). » 90
Ésope. *Fables choisies* (Sommer). » 90
Euripide. *Électre* (Th. Fix). » 90
— *Hécube* (A. Regnier). » 90
— *Hippolyte* (Th. Fix). » 90
— *Iphigénie en Aulide* (Th. Fix et Ph. Le Bas). » 90
Grégoire (S.) de Nazianze. *Homélie sur les Machabées* (Sommer). » 40
Hérodote. Livre premier, *Clio* (Sommer). 1 60
Homère. *Odyssée* (Sommer). 3 »
Isocrate. *Archidamus* (C. Leprévost). » 50
— *Éloge d'Évagoras* (Sommer). » 50
— *Panégyrique d'Athènes* (Sommer). » 70
Lucien. *Choix des dialogues des morts*. Édition conforme au texte officiel. » 90
— *Manière (de la) d'écrire l'histoire* (Lehugeur). » »
— *Nigrinus ou les Mœurs d'un philosophe* (C. Leprévost). » 40
— *Songe* (le) ou *sa Vie* (Leprévost). » 40
Pères grecs. *Choix de discours* (Sommer). 1 50
Pindare. *Isthmiques* (les) (Fix et Sommer). » 60
— *Néméennes* (les) (Fix et Sommer). » 90
Pindare. *Olympiques* (les) (Fix et Sommer). 1 50
— *Pythiques* (les) (Fix et Sommer). 1 50
Platon. *Alcibiade* (le premier) » 65
— *Alcibiade* (le second) (Mablin). » 50
— *Apologie de Socrate* (Talbot). » 65
— *Criton* (Waddington-Kastus » 50
— *Gorgias* (Sommer). 1 50
— *Phédon* (Sommer). » 60
Plutarque. *De la lecture des poëtes* (Ch. Aubert). » 80
— *De l'éducation des enfants* (C. Bailly). » 75
— *Vie d'Alexandre* (Bétolaud) » 90
— *Vie d'Aristide* (Talbot). » 80
— *Vie de César* (Materne). » 90
— *Vie de Cicéron* (Talbot). » 90
— *Vie de Démosthène* (Sommer) » 90
— *Vie de Pompée* (Druon). » 90
— *Vie de Solon* (Deltour). » 80
— *Vie de Thémistocle* (Sommer) » 80
Sophocle. *OEdipe roi* (Delzons) » 90
Théocrite. *Idylles choisies* (L. Renier). 1 25
Thucydide. *Guerre du Péloponèse, les sept livres* (Legouëz). » »
Chaque livre séparément. 1 60
Xénophon. *Anabase, les sept livres* (de Parnajon). 3 »
Chaque livre séparément. » 75
— *Cyropédie*, livre premier (Huret). » 65
— *Cyropédie*, livre deuxième (Huret). » 65
— *Entretiens mémorables de Socrate* (Sommer). 1 75

AUTEURS FRANÇAIS.

Boileau. *OEuvres poétiques* (Geruzez). 1 25
Bossuet. *Discours sur l'histoire universelle* (Olleris). 2 »
— *Oraisons funèbres* (Aubert). 1 50
Corneille. *Théâtre choisi* (Geruzez). 2 50
Fénelon. *Dialogues des morts* (B. Jullien). 1 80
— *Dialogues sur l'éloquence* (Delzons). » 75
Fénelon. *Opuscules académiques* (Delzons). » 75
— *Télémaque* (A. Chassang). 1 25
La Bruyère. *Caractères* (G. Servois). 2 50
La Fontaine. *Fables* (Geruzez) 1 50
Massillon. *Petit Carême* (Colincamp). 1 25
Montesquieu. *Grandeur et décadence des Romains* (C. Aubert) 1 25
Racine. *Théâtre choisi* (Geruzez). 2 50

Rousseau (J. B.). *OEuvres lyriques* (Geruzez). 1 25
Théâtre classique (Ad. Re - gnier). 2 50

Voltaire. *Histoire de Charles XII* (Brochard-Dauteuille). 1 50
— *Siècle de Louis XIV* (Garnier) 2 50
— *Théâtre choisi* (Geruzez). 2 50

AUTEURS ANGLAIS.

Edgeworth (Miss). *Forester* (Al. Beljame, professeur d'anglais au lycée Louis-le-Grand). » »
Goldsmith. *Le Vicaire de Wakefield* (G. Masson, professeur à l'école d'Arrow). » »
Macaulay. *Choix des Essais* (Aug. Beljame, professeur d'anglais au lycée Saint-Louis). » »

Milton. *Paradis perdu*, livres I et II (Auguste Beljame). 1 50
Shakspeare. *Jules César* (Fleming). » »
— *Le roi Lear* (O'Sullivan). Grand in-18. 1 »
— *Macbeth* (O'Sullivan). Grand in-18. 1 »
Sheridan. *L'École de la médisance* (Spiers). In-18. 1 »

AUTEURS ALLEMANDS.

Lessing. *Fables* en prose et en vers (Boutteville). » 90
Laocoon (Lévy, professeur d'allemand au lycée Saint-Louis). » »
Schiller. *Guillaume Tell* (Th. Fix). 2 »
Marie Stuart (Fix). 2 »

Schiller. *Histoire de la guerre de Trente ans* (Schmidt, professeur d'allemand au lycée Charlemagne, et Leclaire, professeur au lycée de Colmar). » »
Gœthe. *Hermann et Dorothée* (Lévy). 1 »
— *Iphigénie en Tauride* (Lévy) 1 80

AUTEURS ESPAGNOLS.

Cervantès. *Le Captif*, extrait de Don Quichotte (J. Merson). 1 »

AUTEURS ARABES.

Ruberies de Delilah (les). Extrait des *Mille et une Nuits*. Texte ponctué à la manière française (Cherbonneau, directeur du collège arabe-français d'Alger). 1 50
Histoire de Chems-Eddine et de Nour-Eddine, extraite des *Mille et une Nuits*. Texte ponctué à la manière française (Cherbonneau). 1 50

Anecdotes musulmanes tirées des auteurs arabes. Texte suivi d'un dictionnaire analytique des mots contenus dans ces anecdotes (Cherbonneau). In-8. 5 »

Lokman. *Fables*. Texte arabe, suivi d'un dictionnaire de tous les mots qui se trouvent dans ces fables, par M. Cherbonneau. 1 50

DICTIONNAIRES CLASSIQUES.

LANGUE LATINE.

Dictionnaire latin-français, contenant plus de 1500 mots qu'on
trouve dans aucun lexique publié jusqu'à ce jour, par MM. L. QUICHE-
RAT et DAVELUY, suivi d'un *Vocabulaire latin-français des noms
propres de la langue latine*, par M. L. QUICHERAT. Ouvrage autori
par le conseil de l'instruction publique. 1 volume grand in-8. Pri
cartonné.   9

Lexique latin-français, à l'usage des commençants, extrait du Dictio
naire latin-français de MM. QUICHERAT et DAVELUY, et augmenté
toutes les formes de mots irréguliers ou difficiles, par M. SOMME
agrégé des classes supérieures, docteur ès lettres. 1 vol. in-8, cart. 3 fr.

Dictionnaire français-latin, composé sur le plan du *Dictionna*
latin-français, par M. L. QUICHERAT, agrégé de l'Université. 1 v
grand in-8. Prix, cartonné.   9

Lexique français-latin, à l'usage des commençants, extrait du *Dictio*
naire français-latin de M. L. QUICHERAT, et augmenté de toutes
formes de mots irréguliers ou difficiles, par M. SOMMER. 1 vol. in-
Prix, cartonné.   3 fr.

Thesaurus poeticus linguæ latinæ, ou Dictionnaire prosodique
poétique de la langue latine, par M. L. QUICHERAT. Ouvrage autor
par le Conseil de l'instruction publique. 1 vol. grand in-8. Prix, c
tonné.   8

LANGUE GRECQUE.

Dictionnaire grec-français, par M. C. ALEXANDRE, inspecteur géné
de l'instruction publique. 11e *édition, entièrement refondue par l'a
teur et considérablement augmentée*. Ouvrage autorisé par le Cons
de l'instruction publique. 1 très-fort vol. grand in-8. Prix, cart. 15

Abrégé du dictionnaire grec-français, à l'usage des commençan
contenant tous les mots indistinctement et toutes les formes diffici
de la Bible, de l'Iliade et des auteurs qu'on explique dans les clas
inférieures, par le même auteur. Ouvrage autorisé par le Conseil
l'instruction publique. 1 vol. in-8 de 750 pages. Prix, cart. 7 fr. 50

Dictionnaire français-grec, par MM. ALEXANDRE, PLANCHE et DEF
CONPRET. Nouvelle édition, refondue et augmentée. Ouvrage autor
par le Conseil de l'instruction publique. 1 vol. gr. in-8. Prix, cart. 15

Lexique français-grec, à l'usage des classes élémentaires, par M. Fr
DÜBNER. 1 vol. in-8, cartonné.   6

Dictionnaire (NOUVEAU) français-grec, par M. OZANEAUX ; avec la c
laboration de MM. ROGER et EBLING. 1 vol. in-8. Prix, cartonné. 15

LANGUE ALLEMANDE.

Dictionnaire classique allemand-français et français-allema
par W. DE SUCKAU. Ouvrage autorisé par le Conseil de l'instruc
publique et adopté par le collége militaire de la Flèche et l'Ecole
Saint-Cyr. 2 volumes petit in-8. Prix, brochés.   10
Les deux volumes cartonnés en un.   11 fr.

Imprimerie générale de Ch. Lahure, rue de Fleurus, 9, à Paris.

TRADUCTIONS FRANÇAISES
DES PRINCIPAUX AUTEURS CLASSIQUES GRECS
AVEC LE TEXTE EN REGARD ET DES NOTES
par une société de professeurs et d'hellénistes

FORMAT IN-12

ARISTOPHANE : *Plutus.* Traduction nouvelle de M. Cattant. Broché. 2 fr.

BABRIUS : *Fables.* Traduction nouvelle de M. Sommer........ 1 fr. 75 c.

CHRYSOSTOME (S. JEAN) : *Homélie en faveur d'Eutrope.* Traduction nouvelle de M. Sommer..... 50 c.

DÉMOSTHÈNE : *Discours contre la loi de Leptine.* Traduction nouvelle de M. Stiévenart............ 2 fr.

— *Harangue sur les prévarications de l'ambassade.* Traduction nouvelle du même auteur....... 2 fr. 50 c.

ESCHINE : *Discours contre Ctésiphon.* Traduction d'Auger, revue. 2 fr. 50 c.

ESCHYLE : *Prométhée enchaîné.* Trad. de MM. Ph. Le Bas et Th. Fix. 2 fr.

ÉSOPE : *Fables choisies.* Traduction nouvelle de M. C. Leprévost.. 75 c.

EURIPIDE : *Électre.* Traduction nouvelle de M. Théobald Fix. 2 fr. 50 c.

— *Hippolyte.* Traduction de M. Théobald Fix............... 2 fr. 50 c.

— *Iphigénie en Aulide.* Trad. nouv. de MM. Th. Fix et Ph. Le Bas... 2 fr.

HOMÈRE : *Odyssée.* Traduction nouvelle de M. Sommer. 2 v. 4 fr. 50 c.

ISOCRATE : *Archidamus.* Traduction nouvelle de M. C. Leprévost... 1 fr.

— *Conseils à Démonique.* Traduction nouvelle du même auteur.... 60 c.

— *Éloge d'Évagoras.* Traduction nouvelle de M. Ed. Renouard.... 1 fr.

— *Panégyrique d'Athènes.* Traduction de M. Auger.......... 1 fr. 75 c.

LUC (S.) : *Évangile.* Traduction de de Sucy................. 2 fr.

LUCIEN : *Dialogues des morts.* Traduction de M. C. Leprévost. 1 fr. 50 c.

PÈRES GRECS (choix de discours, de morceaux et de lettres, tirés des : Trad. nouv. de M. Sommer. 7 fr. 50 c.

PINDARE. Trad. nouv. de M. Sommer :

— *Isthmiques* (les)........... 2 fr.

— *Néméennes* (les).... 2 fr. 50 c.

— *Olympiques* (les)........ 3 fr.

— *Pythiques* (les)............ 3 fr.

PLATON : *Apologie de Socrate.* Traduction de F. Thurot... 1 fr. 25 c.

— *Criton.* Traduction nouvelle de M. Waddington-Kastus.... 90 c.

— *Gorgias.* Traduction de M. F. Thurot................ 3 fr. 50 c.

— *Phédon.* Traduction de M. F. Thurot................ 2 fr. 50 c.

PLUTARQUE : *De la lecture des poètes.* Trad. de M. Aubert. 1 fr. 75 c.

— *Vie d'Aristide.* Traduction nouvelle de M. Talbot........... 1 fr. 75 c.

— *Vie de César.* Traduction de Ricard, revue par M. Materne........ 2 fr.

— *Vie de Cicéron.* Traduction nouvelle de M. Sommer.......... 2 fr.

— *Vie de Démosthène.* Traduction de Ricard, revue par M. Sommer. 1 f. 50

— *Vie de Marius.* Traduction de Ricard, revue par M. Sommer.... 2 fr.

— *Vie de Pompée.* Traduction de Ricard, revue par M. Druon. 2 fr. 50 c.

— *Vie de Solon.* Traduction de Ricard, revue par M. Sommer...... 2 fr.

— *Vie de Sylla.* Traduction de Ricard, revue par M. Sommer....... 2 fr.

— *Vie de Thémistocle.* Traduction nouvelle de M. Talbot........ 1 fr. 75 c.

SOPHOCLE. Traduction nouvelle de M. Bellaguet :

— *Ajax*................. 2 fr. 50 c.

— *Antigone*................. 2 fr.

— *Électre*................. 2 fr.

— *OEdipe à Colone*............. 2 fr.

— *OEdipe roi*.......... 1 fr. 60 c.

— *Philoctète*................. 2 fr.

— *Trachiniennes* (les)... 2 fr. 50 c.

THÉOCRITE : *OEuvres complètes.* Traduction nouvelle de M. L. Renier. 4 fr.

THUCYDIDE : *Guerre du Péloponèse,* livre II. Traduction de Lévesque, revue par M. Sommer........ 3 fr.

XÉNOPHON : *Anabase.* Traduction nouvelle de M. Talbot....... 5 fr.

— *Apologie de Socrate.* Traduction nouvelle de M. C. Leprévost. 50 c.

— *Entretiens mémorables de Socrate* (les quatre livres). Traduction nouvelle de M. Sommer....... 3 fr.

A LA MÊME LIBRAIRIE :

Traductions françaises des principaux *Auteurs latins*, à l'usage des ...asses et des aspirants au baccalauréat ès lettres.

www.ingramcontent.com/pod-product-compliance
Ingram Content Group UK Ltd.
Pitfield, Milton Keynes, MK11 3LW, UK
UKHW051843140726
13696UKWH00007B/1165